Der Pfingstochse

Pfarrer Urbanyis siebenter Fall

Martin Leitner

Meinem langjährigen
Mesner und Freund
Toni Tritt (†)
in Dankbarkeit gewidmet.

Ort und Handlung dieses Krimis sind frei erfunden.
Ähnlichkeiten mit lebenden oder realen Personen sind
rein zufällig.

DANKSAGUNG

Herzlichen Dank allen, die mich bestärkt haben,
Pfarrer Urbanyi wieder in Aktion treten zu lassen.
Besonderer Dank gilt wieder der Korrektorin für ihre
unersetzliche Arbeit.

ISBN: 9798302047441
Imprint: Independently published

1. Reisebericht

Die Sonne stand schon tief über den Wipfeln des dichten Tannenwaldes. Pfarrer Josef Urbanyi lehnte sich an die hölzerne Brüstung des Balkons seines kleinen Häuschens in Sankt Jakob im Walde. Er hielt die Augen geschlossen und ließ sein Gesicht von der Abendsonne wärmen. Trotz des Spätsommertages im September war die Luft bereits kühl geworden. Ein leichter Wind hatte angehoben und ließ die Temperatur noch tiefer erscheinen. Urbanyi genoss die abendliche Stille. Leise drang Vogelgezwitscher aus dem nahe gelegenen Wald an sein Ohr. Nach den turbulenten Zeiten der vergangenen Wochen konnte sich der Pfarrer endlich erholen. Er hatte Urlaub genommen. Kiplimo, ein afrikanischer Priester, der von seinem Bischof aus Kenia zum Studium nach Wien gesandt wurde, hatte für Urbanyi die Vertretung übernommen. So war es ihm möglich, endlich wieder einige Tage in Sankt Jakob zu verbringen. Viel zu selten hatte er sich in den vergangenen Jahren das Vergnügen gegönnt, hier in der Steiermark Urlaub zu machen. Vor mehr als 20 Jahren war er das finanzielle Abenteuer eingegangen, mithilfe eines Bankkredits das kleine Haus mit dem winzigen Garten zu erwerben. Noch fünf Jahre, dann würde er schuldenfrei sein. Wenn er die monatlichen Zahlungen auf die Tage herunterbrach, die er in den vergangenen Jahren sein Domizil nutzte, hätte er sich spielend ein Grandhotel leisten können. Urbanyi musste über diesen Gedanken lächeln. Und er fasste den festen Vorsatz, jetzt öfter hierherzukommen.

»Guten Abend, Josef!«

Der Gruß, begleitet vom Knirschen schwerer Wanderschuhe auf dem Kiesweg, ließ ihn zusammenzucken. Er öffnete die Augen, blinzelte in die Abendsonne und wandte seinen Kopf in die Richtung des Geräusches. Zwei Männer in Wanderkleidung, mit Rucksäcken und Stöcken näherten sich dem kleinen Haus am Waldrand. Urbanyi kniff die Augen zusammen, um zu erkennen, wer da kam. Er musste wohl doch bald zum Augenarzt wegen einer Brille.

Einer der Männer winkte dem Pfarrer zu. Jetzt erkannte er ihn. Es war Adi, sein Mesner aus Wimpassing. Von ihm wusste er, dass er ein leidenschaftlicher Wanderer war. Trotz seiner über 80 Jahre verfügte er über eine erstaunliche Kondition. Während Urbanyi oft bei kleinsten Anhöhen oder beim Stiegensteigen ins Schnaufen kam, meisterte Adi Ostermann dies alles ohne sichtbare Anstrengung.

Urbanyi winkte zurück und versuchte, den zweiten Wanderer zu erkennen. Der groß gewachsene Mann kam ihm sehr bekannt vor, doch im Moment wusste der Pfarrer nicht, wo er ihn schon gesehen hatte.

Die zwei Männer waren nun am hölzernen Gartenzaun angekommen.

»Mit dem Gwaund kennt mi da Pforra net«, sagte der Fremde und nahm die verspiegelte Sonnenbrille von der Nase.

»Georg!«, rief Urbanyi lachend aus. »Stimmt! Ohne Uniform hätte ich dich jetzt wirklich nicht erkannt!«

Es handelte sich um Georg Weissenböck, den Postenkommandanten der Polizeistation Ternitz. Besser gesagt, den ehemaligen Postenkommandanten, denn seit Juli, also seit knapp zwei Monaten, war Weissenböck bereits in Pension.

»Gibts bei dir ein kühles Bier?«, fragte Adi und riss den Pfarrer damit aus seinen Gedanken.

»Selbstverständlich. Nicht nur eines. Für jeden eines«, antwortete Urbanyi und machte sich daran, seinen Aussichtspunkt in der Mansarde seines Hauses zu verlassen.

Kurz darauf saßen die drei Männer an dem kleinen, etwas wackeligen Klapptisch hinter dem Haus. Jeder hielt eine Bierflasche in Händen. Urbanyi hatte eine Schale mit Kartoffelchips und eine bereits halbleere Konfektschachtel auf den Tisch gestellt. Er war auf Besuch nicht vorbereitet gewesen. In seinem Kühlschrank und der kleinen Speisekammer herrschte gähnende Leere. Das Frühstück und Mittagessen nahm der Pfarrer in dem gemütlichen Dorfgasthaus zu sich, und der Wirt packte ihm fürs Abendessen meist eine Schnitzelsemmel ein oder gab ihm einen Gefrierbeutel mit Gulasch, Beuschel oder Bohnensuppe mit. So hatte Urbanyi für sich allein genügend Versorgung. Auf Gäste war sein Junggesellenhaushalt nicht eingestellt. Doch ein gutes Bier und ein wenig Knabbergebäck oder Süßigkeiten hatte er immer vorrätig.

»Was verschlägt euch in diese Gegend?«, frage er seine Gäste, nachdem er einen tiefen Zug aus der Flasche genommen hatte. Der erste Schluck Bier war ja erfahrungsgemäß der beste.

»Wir waren bei der Arzberghütte«, antwortete Adi, wobei der Überschuss an Kohlensäure aus dem Bier das »Arrrr« des Hüttennamens viel zu laut aus seiner Kehle dringen ließ.

»Erzähl mehr von dir!«, scherzte Weissenböck und antwortete so auf den Rülpser seines Wanderkameraden.

Adi wischte sich den Bierschaum aus seinem Schnurrbart und setzte fort:

»Wir sind rund um den Lehbauerkogel gewandert, dann zur Hütte rauf. Insgesamt waren wir dreieinhalb Stunden unterwegs. Die Pause nicht eingerechnet.«

Bei dem Wort »Pause« warf Adi dem Postenkommandanten a. D. einen vorwurfsvollen Blick zu.

»Ich hab keine Ahnung, wie der Adi das macht, dass der stundenlang ohne Pause über die Berge hirschen kann. Ich brauch halt eine Pause dazwischen!«, rechtfertigte sich Weissenböck.

»Ja schon, aber nicht eineinhalb Stunden«, brummte Adi, »da wären wir ja schon fast wieder herunten gewesen.«

»Oder tot«, blaffte Weissenböck.

Urbanyi wollte die etwas gespannte Situation nun beruhigen und wechselte das Thema:

»Und? Wie geht es dem frischgebackenen Pensionisten? Kannst du ohne deine Polizeistation überhaupt leben, Georg?«

Weissenböck machte ein ernstes Gesicht: »Ja, es geht. Aber manchmal fehlen mir meine Kollegen doch sehr. Und wenn ich an der Triester Straße mit dem Auto auf meine Frau warte, die beim Billa einkaufen ist, würde ich mich oft gerne selbst in Dienst stellen, wenn ich sehe, was die Leute mit ihren Autos aufführen.«

Adi Ostermann wendete sich an Pfarrer Urbanyi: »Jetzt erzähl einmal, wie war es in Indien?«

Weissenböck blickte auf:

»Indien? Du warst in Indien, Josef? Wieso weiß ich da gar nichts davon?«

»Wenn du öfters bei mir in der Messe wärst, hättest du was gemerkt«, sagte Urbanyi und setzte einen gespielt tadelnden Blick auf.

»Jo, i waß eh!«, sagte Weissenböck, der immer dann in seinen breiten Dialekt verfiel, wenn er ein schlechtes Gewissen hatte. »Du waßt doch, wievü bei mir daham los is.«

Urbanyi klopfte ihm versöhnlich auf die Schulter: »Georg, das war als Spaß gemeint. Nichts für ungut. Es kann ja nicht jeder meinen Kalender auswendig lernen.«

Nun blickten Weissenböck und Ostermann den Pfarrer fragend an. Mit einem »Moment!« stand er auf und holte sein iPad, ein Geschenk seiner Sekretärin anlässlich seines Geburtstages. Denn Margot Wendberg war stets bemüht, ihren Chef an den Pulsschlag der heutigen Technik heranzuführen. Und Urbanyi war nicht undankbar dafür. Er hatte sein Smartphone schon sehr lieb gewonnen. Und das iPad war ebenfalls sein ständiger Begleiter geworden.

Er drehte seinen Klappstuhl so, dass er den beiden Männern gegenübersaß, wischte über den Bildschirm des Tablets, stellte es auf den Tisch und wies schweigend auf das Bild, das auf dem iPad angezeigt wurde.

Weissenböck riss die Augen auf. Das Foto zeigte eine Menschengruppe dunkler Hautfarbe, in deren Mitte Pfarrer Urbanyi auf einem Thron zu sehen war. Zwei

Männer hielten ein buntes Seidentuch über seine Schultern, um den Hals hatte er eine dicke Blumenkette, auf dem Kopf einen mit einem großen roten Glasstein geschmückten Turban. Georg Weissenböck hätte den Pfarrer fast nicht erkannt.

»Du ... du bist ja geschmückt wie ein Pfingstochse!«, rief Weissenböck erstaunt aus und sorgte bei seinen Gesprächspartnern für Erstaunen, weil er sich plötzlich der deutschen Schriftsprache bediente.

Urbanyi begann zu erzählen: »Ich war für zwei Wochen in Andhra Pradesh. Vielleicht erinnert ihr euch an den John Kumar, den indischen Seminaristen, der bei uns vor einigen Jahren an einigen Sonntagen bei der Messe zu Gast war. Ich hab ihn ja nicht nur mit den Spenden, sondern auch privat unterstützt. Irgendwie ist er mir fast zum Patensohn geworden. Ich habe ihn sehr ins Herz geschlossen. Und im Juli wurde er in seiner Heimat zum Priester geweiht. Da hat er mich dazu eingeladen. Zur Priesterweihe und zur Primiz. In seinem Heimatdorf wurde ich dann so willkommen geheißen.« Der Pfarrer wies mit dem Finger auf das Foto am iPad. Adi und Georg nickten anerkennend. Dann erzählte Pfarrer Urbanyi über seine Reise, über den Flug und die lange Liturgie, über das köstliche, scharfe Essen und die Gastfreundschaft, über die Dankbarkeit von Johns Eltern und die Armut, die er in Andhra Pradesh vorgefunden hatte. Seine Zuhörer lauschten gespannt seinen Worten. Langsam war die Sonne hinter dem dichten Wald untergegangen, es wurde unangenehm kühl. Deshalb beschloss das Trio, ins Haus zu gehen, um weiter die Erzählungen des Pfarrers zu hören.

Da die Uhr bereits knapp nach 23 Uhr zeigte und die Zahl der Bierflaschen neben den drei Männern eine beachtliche Höhe erreicht hatte, sagte Urbanyi:

»Zum Heimfahren ist es wohl schon zu spät, und keiner von euch ist mehr fahrtüchtig. Es ist zwar nicht sehr komfortabel, aber ihr könnt euch diese Couch zum Doppelbett ausziehen. Bettzeug sollte da im Schrank genug sein.«

Ostermann und Weissenböck nickten dankbar. Beide waren müde von der Wanderung, ebenso schläfrig vom Bier. Sie mussten Urbanyi recht geben, dass an eine Heimfahrt im Auto heute nicht mehr zu denken war. Rasch war das Bett vorbereitet, mit kleinen Wartezeiten im winzigen Badezimmer des Hauses notdürftige Abendhygiene verrichtet. Gegen 23.30 Uhr war auch Urbanyi im oberen Stock des Hauses in sein Schlafzimmer gegangen.

Auf dem Nachtkästchen lag sein Mobiltelefon auf der Ladestation. Als er es zur Hand nahm, musste er erstaunt feststellen, dass der Bildschirm »8 Anrufe in Abwesenheit« anzeigte. Urbanyi wischte über den kleinen

Bildschirm. Zwei Anrufe waren von seiner Sekretärin Margot, die aber offenbar etwas auf die Mobilbox gesprochen hatte. Die anderen sechs Anrufe zeigten immer die gleiche Nummer. Unter dieser Nummer hatte er auch eine SMS erhalten mit dem lapidaren Inhalt: »Ruf mich bitte zurück. P. S.« Der Pfarrer schüttelte den Kopf. Zuerst hörte er die Box ab. Glücklicherweise meldete Margot Wendberg nur, dass in der Pfarre alles in Ordnung sei, dass Kiplimo die Vertretung sehr gut mache und er, Urbanyi, sich schön erholen solle. Irgendwie klang Wendberg, als genieße sie die Zeit ohne ihren Chef. Was Urbanyi ihr gar nicht verdenken konnte. Denn er war ein Meister darin, neue Ideen für die Pfarre gerade in dem Augenblick zu haben, wo seine vielgetreue Sekretärin mit Jahresabschluss der Buchhaltung oder anderen zeitintensiven Arbeiten sowieso alle Hände voll zu tun hatte.

Dann grübelte Urbanyi, wer dieser »P. S.« sein könnte. Das letzte Mal hatte dieser Anrufer seine Nummer erst vor einer halben Stunde gewählt. Also war es wohl durchaus möglich, ihn noch zurückzurufen. Urbanyi tippte auf die Wahlwiederholung. Nach zwei Freizeichen meldete sich eine wohlvertraute Männerstimme: »Hier Pater Siegfried. Grüß dich, Josef!«

2. Nächtlicher Besuch

Als Urbanyi die vertraute Stimme und den Namen am Telefon hörte, war ihm sofort alles klar. Pater Siegfried Molnar war ein Studienkollege. Er war während des Studiums in das kleine Benediktinerstift Ebental eingetreten, das unweit von Sankt Jakob im Walde in einem idyllischen, von Wald eingesäumten Talkessel lag. Eigentlich war dies untypisch für Benediktinerklöster, die zumeist wie Trutzburgen auf den Berghöhen errichtet worden waren, doch als eine Schenkung der früheren Grafschaft entstand es aus einem kleinen Familienschlösschen, das durch großzügige Zuwendungen der Stifter im 14. Jahrhundert zu einem schmucken Kloster umgebaut wurde. In einem Nebengebäude der weiträumigen Anlage war seit über 200 Jahren auch eine theologische Lehranstalt eingerichtet, die von zahlreichen Diözesen und Ordensgemeinschaften aus mehreren Kontinenten gerne als Ausbildungsstätte für ihre Priesteramtskandidaten gewählt wurde. Wenn sich Urbanyi nicht täuschte, hatte er im Diözesanblatt der Diözese Graz-Seckau vor einem Jahr gelesen, dass Pater Siegfried, sein ehemaliger Studienkollege, dort zum Dekan der katholischen Hochschule ernannt worden war.

»Pater Siegfried! Na, das ist eine Überraschung. Wie lange ...?«

»Mindestens 4 Jahre. Obwohl du so nahe dein Häuschen hast, lässt du dich ja nie bei uns blicken!«, fiel ihm Pater Siegfried ein wenig vorwurfsvoll ins Wort.

»Ja, tut mir leid, ich war in den vergangenen Jahren sehr wenig in Sankt Jakob«, rechtfertigte sich Josef Urbanyi.

»Das tut jetzt nichts zur Sache, Josef. Ich benötige deine Hilfe. Bist du vielleicht gerade in Sankt Jakob?«

»Ja, ich bin da. Soll ich zu dir oder ...?«

»O. K. Ich komme!«, sagte Pater Siegfried wieder, ohne Urbanyi aussprechen zu lassen.

»In Ordnung. Wann willst du kommen? Morgen, oder ...?«

»Jetzt gleich, wenn es dir nichts ausmacht. Es ist wirklich wichtig!«

Urbanyi fühlte sich jetzt zwischen seiner Müdigkeit und seiner Neugierde hin- und hergerissen. Wenn Pater Siegfried es so eilig hatte, musste es wirklich etwas ganz Wichtiges sein.

»Darf ich erfahren, in welchem Zusammenhang du mich sprechen willst?«, fragte er vorsichtig.

»Du hast doch bei einigen Kriminalfällen in den letzten Jahren mitgeholfen, oder?«

»Ja, das könnte man so sagen.«

»Genau darum geht es jetzt.«

»Habt ihr einen Mord im Kloster?«, scherzte Urbanyi und musste selbst ein wenig lachen. In seinem Hörer blieb es still. Dann hörte er Pater Siegfried tief seufzen:

»Ja. Ich befürchte es. Aber alles andere persönlich. Ich bin in 20 Minuten bei dir.«

Urbanyi zog seinen Sportanzug wieder über, wobei er über den Namen »Sportanzug« lächeln musste, denn er hatte damit noch nie Sport betrieben, höchstens kleine Spaziergänge unternommen. Dann schlich er sich leise vor das Haus, denn er wollte nicht, dass seine beiden Freunde durch den nächtlichen Besuch geweckt würden.

Bald darauf knirschte der Kies auf der Straße und zeigte ein heranrollendes Fahrzeug an. Pater Siegfried kam mit einem kleinen Auto. Er saß auf dem Beifahrersitz, gelenkt wurde es von einem jungen Mönch, den Urbanyi nicht kannte. Der Mönch parkte das Auto so nahe am Zaun, dass Urbanyi nachdachte, wie er nun aussteigen wollte. Doch da hatte er von seiner ein wenig üppiger gewordenen Körperfülle her gedacht. Der gertenschlanke Mönch zwängte sich durch den schmalen verbliebenen Spalt zwischen Türe und Fahrzeug und stand kurz darauf gemeinsam mit Pater Siegfried vor dem Pfarrer.

»Das ist Frater Ephraim. Er war so nett, mich zu chauffieren, du weißt vielleicht, dass der Abt es nicht sehr gerne sieht, wenn ich selbst Auto fahre«, stellte Pater

Siegfried seinen Begleiter vor. Urbanyi grinste. Er erinnerte sich an einige spektakuläre Unfälle, die Pater Siegfried bereits verursacht hatte. Sein Studienkollege war wissenschaftlich gesehen ein Genie. Er war ein wandelndes Lexikon. Ob Kirchengeschichte, Dogmatik, ja sogar Philosophie – man musste nur ein Stichwort liefern und bekam als Gegenleistung eine einstündige Vorlesung. Doch mit dem alltäglichen Leben hatte Pater Siegfried manchmal seine Schwierigkeiten. Da konnte es schon vorkommen, dass er sich während der Autofahrt umdrehte, um nachzusehen, was da auf dem Rücksitz schepperte, dann seelenruhig die Weinflaschen zurechtrückte, während sein Auto führerlos auf die Gegenseite kam und einige parkende Autos zu Schrott fuhr. Oder dass er – wie war das doch verhängnisvoll! – die Einfahrt in den Stiftshof verfehlte, weil links und rechts auf der Mauer Scheinarchitektur aufgemalt war und zwei weitere Einfahrten vortäuschte. Das Auto war jedes Mal ein Totalschaden gewesen. Urbanyi konnte verstehen, dass der Abt von Ebental mit Rücksicht auf Pater Siegfrieds Gesundheit und das Budget des Klosters dem Hochschulprofessor verboten hatte, sich selbst hinters Lenkrad zu setzen.

»Frater Ephraim wird heraußen auf uns warten«, sagte Pater Siegfried und riss Urbanyi aus seinen Gedanken.

»Komm, wir gehen in die Küche. Im Wohnzimmer schlafen zwei Freunde, die mich am Ende einer Wanderung besucht haben und jetzt hier übernachten«, sagte Urbanyi leise und hielt Pater Siegfried die Eingangstüre auf.

In der Küche angekommen, setzte Urbanyi Teewasser auf. Er konnte sich erinnern, dass Pater Siegfried sein Ordensleben sehr streng nahm, kein Fleisch aß und weder Alkohol noch Kaffee trank. Aber Tee hatte er gerne. Für Urbanyi war es zwar fast ein Opfer, Tee zu trinken – er meinte, das sei nur etwas für Kranke –, doch er wollte seinen Freund jetzt nicht allein mit der Teetasse hier sitzen lassen.

Pater Siegfried nahm die Tasse Tee gerne an und wärmte sich die Hände daran. Draußen war es empfindlich kalt geworden, und er hatte über seinem dünnen schwarzen Habit keinen Mantel angezogen. Urbanyi fragte nicht nach dem Grund. Vermutlich hatte er einfach darauf vergessen.

»Erzähl einmal, wobei ich dir helfen soll«, stieß Pfarrer Urbanyi das Gespräch an.

»Es ist eine ganz komische Geschichte bei uns in Ebental passiert«, begann Pater Siegfried. »Kannst du dich noch an den früheren Seminardirektor von Wien erinnern?«

Urbanyi nickte. Es war ebenfalls ein Studienkollege der beiden. Franz hatte er geheißen. Urbanyi grübelte über seinen Nachnamen, doch Pater Siegfried half ihm.

»Franz Dinhofer. Also DDr. Franz Dinhofer. Oder um genau zu sein: Domkapitular DDr. Franz Dinhofer«, sagte er.

»Genau. Was ist mit ihm?«

»Er ist doch vor einem Jahr aus dem Dienst im Priesterseminar in Wien ausgeschieden. Und da hat er seine Ordensberufung entdeckt und ist als Kandidat zu uns nach Ebental gekommen.«

Urbanyi blickte erstaunt Pater Siegfried an. Noch bevor er etwas sagen konnte, setzte dieser fort:

»Das wundert dich vielleicht. Du kennst doch seinen Spitznamen: ›Der Pfingstochse‹. Weil er immer im vollen Ornat, mit Brustkreuz und roter Schärpe, aufgeputzt wie ein Pfingstochse, aufgetreten ist. Und dann plötzlich dieser Sinneswandel. Ein einfacher schwarzer Habit, kein Brustkreuz, denn das trägt bei uns nur der Abt, keine rote Schärpe, keine ›Knopflochentzündung‹ mehr. Aber er hat sich immer noch ganz gerne als ›Domkapitular‹ ansprechen lassen. Obwohl er nun einfach Frater Sigmund war.«

»Du sprichst von ihm in der Vergangenheit? Was ist mit ihm jetzt?«

»Ja, das ist ja das Merkwürdige. Er ist seit einer Woche spurlos verschwunden.« Pater Siegfried senkte den Kopf und faltete die Hände über der Tischplatte. Um ein Haar hätte er die halbvolle Teetasse umgestoßen, doch Urbanyi reagierte schnell und verhinderte damit eine Überschwemmung auf dem Küchentisch.

»Verschwunden? Habt ihr die Polizei verständigt?«

»Nein. Der Abt wollte das nicht.«

Urbanyi schüttelte unverständig den Kopf. Doch Pater Siegfried setzte fort:

»Dinhofer war zwar noch in der zeitlichen Profess, aber wegen seines Doppeldoktorats in Theologie und Philosophie hat ihn unser Abt an der Hochschule eingesetzt. Und er hat ihn statt mir vor zwei Monaten zum Dekan ernannt.«

»Ach, du bist nicht mehr Dekan?«, fragte Urbanyi erstaunt.

»Nein, seit zwei Monaten nicht mehr. Einerseits ist es mir sogar recht, dass ich mich wieder mehr der Wissenschaft widmen kann. Aber die Art und Weise hat mich doch sehr verletzt. Keiner hat mit mir gesprochen. Plötzlich beim Mittagessen hat unser Abt dem Frater Sigmund zur neuen Aufgabe als Dekan gratuliert. Und ich bin wie ein Trottel danebengestanden und habe von all dem nichts gewusst!«

Urbanyi bemerkte, wie Pater Siegfried innerlich erregt war. Aber dieser hatte sich gut im Griff.

»Aber warum will der Abt keine polizeiliche Anzeige?«, fragte Urbanyi.

»Er hat einfach Angst vor schlechter Presse, wenn hier vielleicht irgendein Verbrechen vorliegt. Du weißt doch, wie er immer um seinen Ruf fürchtet«, erklärte Pater Siegfried. »Aber ich habe mir gedacht, dich um Hilfe zu bitten. Ich weiß ja, dass du bei einigen Kriminalfällen rund um deine Pfarre der Polizei geholfen hast.«

Urbanyi lehnte sich auf dem Küchenstuhl zurück und schloss die Augen. Er hatte sich fest vorgenommen, nicht mehr kriminalistisch tätig zu werden. Zu viel Zeit hatte ihn das in den letzten Jahren gekostet. Und er hatte auch die ernste Mahnung seines Erzbischofs im Ohr, doch wieder mehr Pfarrer und weniger Kriminalist zu sein. Doch in diesem Falle? Niemand konnte etwas gegen einen Freundschaftsdienst haben, oder?

Pater Siegfried hatte geduldig gewartet, bis Urbanyi die Augen wieder öffnete.

»Und? Wirst du uns helfen?«, frage er dann.

»Ja. Auch wenn es meinem Erzbischof gar nicht recht ist«, antwortete Urbanyi. Und er bat Pater Siegfried, ihm weitere Einzelheiten zu erzählen.

»Dieser DDr. Dinhofer hat anfangs einen großartigen Eindruck hinterlassen. Er ist belesen und gebildet, hat viel Erfahrung in der Priesterausbildung. Sozusagen ein Glücksgriff für unser Haus und unsere Hochschule.«

»Anfangs?«

»Ja, er hat seinem Spitznamen doch immer wieder alle Ehre gemacht. Zwar war er nicht mehr ›aufgeputzt wie ein Pfingstochse‹, aber man spürte schon, dass der ›Herr Domkapitular DDr.‹ entsprechend geehrt und gehuldigt werden will. Er hat die anderen Lehrbeauftragten an unserer Hochschule immer wieder spüren lassen, dass er doch zwei akademische Grade habe, dass er ja zum Wiener Domkapitel gehöre, dass er für fast alles wesentlich besser qualifiziert sei als wir alle.«

»Moment!«, unterbrach ihn Urbanyi. »Als er zu euch kam, musste er doch den Titel des Domkapitulars zurückgeben, oder?«

»Theoretisch ja, aber er hat es irgendwie geschafft, dass er ihn als ›Ehrendomkapitular‹ weiter behalten durfte. Er steht offenbar auf diese Titel.«

»Ein wenig klingt durch, dass du auch über ihn verärgert warst oder bist«, wagte Urbanyi einen kleinen Vorstoß.

»Da kannst du recht haben. Er ist mir mit seinem großspurigen Gehabe ziemlich auf die Nerven gegangen.

Es hat nicht zum guten Klima im Haus beigetragen, wenn er seine Kompetenz immer vor allen betont hat. Und – wie ich dir gesagt habe – so ganz gerecht empfinde ich es auch nicht, dass er vom Abt als Dekan eingesetzt wurde. Ich wurde einfach kaltgestellt.«

Urbanyi entdeckte an Pater Siegfried Molnar einen neuen Zug. Bisher war ihm dieser Mönch immer ruhig, freundlich und ausgeglichen begegnet, doch jetzt erkannte er Wut oder Zorn in seiner Stimme. Auch seine Gesichtszüge hatten sich verhärtet. Durch seine nächste Aussage bestätigte er Urbanyis Eindruck noch mehr:

»Weißt du, da ist man 30 Jahre im Kloster, hat unheimlich viel beigetragen, dass unsere Hochschule so dasteht, wie sie heute ist, und dann kommt da ein entlassener Seminardirektor aus Wien und meint, er hat das Rad erfunden oder sogar Himmel und Erde erschaffen. Und plötzlich ist alles, was man geleistet hat, vor dem Abt offenbar nichts mehr wert. Und einer, der nicht einmal die feierlichen Gelübde abgelegt hat – und auch sonst nicht durch mönchische Tugend auffällt – macht steile Karriere. Ich weiß, als Mönch müsste ich jetzt Demut und Bescheidenheit üben. Aber das ist mir wirklich alles ein wenig zu nahe gegangen!«

»Pater Siegfried, sollte dem Dinhofer etwas passiert sein, lieferst du gerade ein ausgezeichnetes Motiv«, grinste Urbanyi.

»Ich weiß. Aber ich bin nicht der Einzige. Und meinst du, ich wäre zu dir gekommen, wenn ich wirklich etwas mit seinem Verschwinden zu tun hätte?«, entgegnete Pater Siegfried.

Urbanyi hob beschwichtigend beide Hände. Pater Siegfried Molnar hatte sich richtig in Rage geredet und beim letzten Satz sogar mit der flachen Hand auf die Tischplatte geschlagen. Weil er seinen langjährigen Freund und Studienkollegen nicht verärgern wollte, wechselte Urbanyi ein wenig das Thema:

»Ich denke gerade darüber nach, wie ich dir hier helfen kann. Natürlich müsste ich mir einen genauen Überblick über die Situation bei euch verschaffen. Ich war ja schon jahrelang nicht mehr in Ebental. Wer ist eigentlich derzeit euer Abt?«

»Du kennst ihn«, begann Molnar geheimnisvoll.

»Spann mich jetzt bitte nicht auf die Folter. Es ist spät und ich bin müde«, wurde Urbanyi etwas ungeduldig.

»Kannst du dich an unseren Studienkollegen Fritz Käsmann erinnern?«

»Ja natürlich. Du willst doch nicht sagen, dass er ...«

»Genau das will ich sagen. Fritz Käsmann ist jetzt Abt Bartholomäus.«

»Ihn habt ihr gewählt? Als Studienkollege war er alles andere als kollegial!«, überlegte Urbanyi.

»Ja, er hatte eine dünne Mehrheit. Bei seiner Fangemeinde. Bei Mitbrüdern, die sich von seinem Karrieresprung auch Vorteile im Kloster erwarteten. Und ›zufällig‹ kommt Abt Bartholomäus aus dem kleinen Waldviertler Dörfchen wie Franz Dinhofer. Ein Schelm, wer Böses denkt«, beantwortete Molnar Urbanyis Frage genauer, als dieser zuvor erwartet hatte.

Urbanyi massierte seine Nasenwurzel und dachte nach. Pater Siegfried Molnar lehnte sich zurück und verschränkte die Arme hinter dem Kopf. Nach einigen Sekunden sagte Urbanyi:

»Am besten wäre, ich würde mir die Sache von innen anschauen. Das Problem ist aber, dass mich einige Mönche kennen. Wir müssten jemanden nehmen, der mit euch noch nie Kontakt hatte. Sagt einmal, nehmt ihr auch Pensionisten?«

»Als Kandidaten nicht unbedingt, aber als ›Kloster auf Zeit-Gäste‹ schon. An wen denkst du?«

»An meinen guten alten Freund, Kriminalkommissar in Ruhe, Ludwig Gaunersberg«, sagte Urbanyi und betonte den Namen seines alten Freundes so, als ob er ihn für den nächsten Oscar vorschlagen würde. »Ich werde ihn gleich morgen früh anrufen. Deine Nummer habe ich ja am Handy. Ich sage dir Bescheid.«

Pater Siegfried Molnar stand auf und bedankte sich bei Urbanyi. Dann traten beide auf die Straße, wo Pater

Siegfried sich nach seinem Chauffeur umschaute. Doch Frater Ephraim war auf der Straße nirgends zu sehen. Als Urbanyi und Molnar zum Auto traten, erkannten sie, dass die Scheiben angelaufen waren. Am Fahrersitz, dessen Lehne auf Liegeposition gestellt war, lag Frater Ephraim und schlief selig. Die Autotüren waren versperrt. Deshalb klopfte Pater Siegfried fest an die Scheibe der Fahrertür, wodurch Frater Ephraim unsanft geweckt wurde. Er fuhr erschrocken herum, drückte dann den Knopf der Zentralverriegelung, öffnete das Fenster und murmelte ein verschlafenes »Tschuldigung«. Pater Siegfried nickte freundlich und setzte sich auf den Beifahrersitz. Mit einem kurzen Winken verabschiedeten sich die beiden Mönche von Urbanyi und fuhren mit lautem Knirschen unter den Reifen davon.

3. Kloster auf Zeit

»Was soll ich machen?« Ludwig Gaunersberg sprach es, nein er brüllte es ins Telefon. Pfarrer Josef Urbanyi hatte ihn gegen 8 Uhr morgens angerufen. Weissenböck und Ostermann saßen gerade in der Küche und tranken eine Tasse Instantkaffee. Das Pulver hatte Adi selbst im Rucksack mitgebracht. Wohl wusste er, dass sein Pfarrer in seinem Landhaus nur rudimentär ausgerüstet war.

»Du sollst ein paar Tage ›Kloster auf Zeit‹ machen, Ludwig. Es könnte sein, dass wir in Ebental ein

Verbrechen aufklären müssen. Ein Mann ist verschwunden«, sagte Urbanyi ruhig. Er wusste genau, dass er seinen Freund Ludwig nur dann überreden konnte, wenn er jetzt ruhig blieb. In seinem Telefon hörte er schweres Atmen, dann ein Geräusch, das er nicht zuordnen konnte. Im nächsten Moment meldete sich Heidi Gaunersberg:

»Hallo Josef, ich hab mitgehört. Ja bitte, Ludwig soll für ein paar Tage ins Kloster! Wir haben gerade den Maler, er steht mir beim Putzen nur im Weg herum.«

Urbanyi hatte Heidi selten so bestimmt, ja fast aggressiv gehört. Nach einigen Geräuschen meldete sich Ludwig Gaunersberg wieder am Apparat:

»Du hast gehört, was meine Chefin befohlen hat. Wann soll ich einziehen?«

»Am besten sofort. Ruf den Novizenmeister, Pater Sebastian, an. Die Nummer schicke ich dir gleich per WhatsApp.«

Urbanyi legte auf, ohne eine Reaktion von Gaunersberg abzuwarten. Wenn der Kriminalhauptkommissar i. R. einen Fall witterte, war er ohnehin nicht zu halten. Und dass seine Ehefrau Heidi, die »beste Ehefrau von allen«, ihn gerade jetzt loshaben wollte, war ein Wink des Schicksals oder göttliche Millimeterarbeit.

Ludwig Gaunersberg packte – unter eifrigster Mithilfe seiner Frau – einen kleinen Koffer mit dem Nötigsten, legte noch zwei Bücher dazu, die er schon seit Jahren lesen wollte und sagte danach etwas zu pathetisch:

»Ich lass dich zwar ungern allein hier mit den Malern, aber die Pflicht ruft.«

Heidi nickte grinsend. Nach so vielen Ehejahren musste manches nicht ausgesprochen werden, anderes konnte man sehr fein zwischen den Zeilen lesen. Denn Ludwig wusste genau, dass Heidi gerne den Hausputz allein vollzog. Bei manchen Tätigkeiten – wie Aufhängen der Vorhänge – war er ihr zwar ein willkommener Helfer, doch ihn ständig aus einem Zimmer ins andere zu scheuchen, weil sie staubsaugen oder aufwischen wollte, war doch etwas nervenaufreibend.

»Erhol dich gut im Kloster!«, sagte Heidi und drückte ihrem Ehemann einen Kuss auf die Wange.

»Du fehlst mir jetzt schon«, versuchte sich Ludwig mit einer kleinen Freundlichkeit, doch Heidi konterte:

»Das wäre das erste Mal, dass ich dir fehle, wenn du mit Josef einen Fall lösen willst. Ich denke noch daran, wie ihr mich vor einigen Monaten einfach in Wien vergessen habt ...«

4. Unter Mönchen

Bevor Ludwig Gaunersberg zum Kloster Ebental fuhr, schaute er auf einen Sprung bei Urbanyi in seinem Landhaus vorbei. Er wusste über die Einzelheiten des »Kriminalfalls« ja bislang nicht Bescheid. Außerdem wollte er sich über die Gepflogenheiten im Kloster informieren. Er, über Jahrzehnte überzeugter Atheist, war erst vor einigen Jahren wieder in die römisch-katholische Kirche eingetreten. Er war zwar ein eifriger Messbesucher am Sonntag, aber so manche »Interna« des katholischen Lebens waren ihm bislang fremd geblieben. So auch das klösterliche Leben bei den Benediktinern.

»Die Mönche beginnen den Tag um 5.30 Uhr mit den Vigilien, dem Morgengebet«, erklärte Urbanyi.

»Wann?«, rief Gaunersberg aus. »Das ist ja mitten in der Nacht!«

»Daran wirst du dich schnell gewöhnen, denn der Tag endet um 20 Uhr mit der Komplet, dem Nachtgebet. Danach herrscht Stille im Kloster!«

»Na gute Nacht! Das mir, einem radikalen Abendmenschen«, seufzte Gaunersberg.

»Am Vormittag ist Zeit für Gebet oder Lesen, um 12 Uhr versammeln sich die Mönche zum Mittagsgebet, danach ist Mittagessen, um 18 Uhr ist das Abendgebet, dann Abendessen. Und wie gesagt ... um 20 Uhr das Nachtgebet. Alles klar?«

»In welcher Sprache beten die? Auf Latein?«

»Teils, teils. Für dich werden sie aber ein entsprechendes Buch oder Textheft vorbereiten. Die sind auf Klostergäste ganz gut eingestellt.«

»Und wie soll ich Nachforschungen anstellen?«, fragte Gaunersberg, und Urbanyi merkte, dass sich sein Freund auf unbekanntem Terrain bewegte.

»Schau dich einfach um, rede mit den Studenten, die schon da sind. Eigentlich sind noch Ferien, aber die Auslandsstipendiaten sind über den Sommer dageblieben. Vielleicht bekommst du nähere Informationen über diesen DDr. Dinhofer.«

»Und wie erreiche ich dich?«

»Handy-Empfang ist nicht überall gegeben, aber wenn du im Wald ein wenig aus dem Talkessel heraus gehst, sollte es funktionieren.«

»O. K., das wird ja interessant«, sagte Gaunersberg, und Urbanyi sah ihm sein Jagdfieber bereits an.

Nach einigen weiteren Erklärungen – wie etwa, dass bei Tisch eine Tischlesung gehalten wurde oder dass auf den Gängen des Klosters absolute Stille war – verabschiedete sich Ludwig Gaunersberg von seinem Freund und stieg in sein Auto ein, um noch vor dem

Abendessen im Kloster Ebental »einzuchecken«, falls man dies bei einem Kloster so nennen durfte.

Das Kloster Ebental lag beschaulich vor ihm, als Gaunersberg über die Zufahrtsstraße bergab in den Talkessel einfuhr. Auf der linken Seite der Klosteranlage fand er einen großzügig angelegten Parkplatz vor, von dem gerade ein Reisebus voller Touristen abfuhr. Gaunersberg parkte seinen Wagen, nahm den kleinen Reisekoffer heraus und wandte sich suchend nach dem Eingang um. Er fand einen Pfeil mit der Aufschrift »Pforte« und folgte der Richtung. Die Pforte war – Gaunersberg hatte sich das ganz anders vorgestellt – ein kleiner Raum, der mit seiner Glas-Trennwand an die Kartenhäuschen am Bahnhof erinnerte. Ein Mönch begrüßte ihn freundlich und fragte nach seinem Wunsch.

»Ich bin für ›Kloster auf Zeit‹ bei Ihnen angemeldet. Ich soll mich beim Novizenmeister, Pater Sebastian, melden«, sagte Gaunersberg.

»Na, da haben Sie aber Glück!«, jubilierte der Mönch hinter der Glasscheibe. »Das bin nämlich ich. Kommen Sie, ich zeige Ihnen Ihre Zelle.«

Nach diesen Worten zog er eine Lade auf und entnahm ihr schwungvoll einen Schlüssel mit überdimensioniertem Anhänger. Gaunersberg kannte diese Dinger von manchen Hotelpensionen. Sie sollten verhindern, dass die Gäste versehentlich die Schlüssel mit nach Hause nahmen, wenn sie abreisten. Ihm war es trotzdem schon öfter passiert.

Pater Sebastian öffnete die Glastüre und bedeutete Ludwig mit einem Wink der rechten Hand, ihm zu folgen. Der Mönch musste um die 50 Jahre alt sein, er war gertenschlank – zumindest schien dies unter dem langen schwarzen Habit so zu sein. Sein Gang war federnd, ja fast tänzelnd. Und er legte ein ziemliches Tempo vor, sodass Gaunersberg ein wenig in Atemnot kam. Die beiden durchschritten den Kreuzgang, der einen Blick auf den kleinen, sehr sorgsam gepflegten Paradiesgarten erlaubte. Dann ging es über eine Treppe zu den Zellen der Mönche. Bei Zelle Nummer fünf blieb Pater Sebastian abrupt stehen, steckte den Schlüssel ins Schloss und sagte:

»Bitte sehr, hier ist Ihr neues Zuhause. Zumindest für die kommenden Tage.«

Mit einer einladenden Geste ließ er Gaunersberg eintreten. Das Zimmer war zwar karg, aber geschmackvoll eingerichtet. Neben einem Holzbett samt Nachtkästchen sah Gaunersberg einen Schreibtisch mit hölzernem Stuhl, einen Gebetsschemel, der vor einem hölzernen Kruzifix, das an der Wand hing, stand, einen Kleiderschrank und einen Waschtisch.

»Fürs Duschen müssen Sie hier über den Gang bis ans Ende gehen. Dort sind vier Duschen und ein

Wannenbad. Normalerweise ist immer etwas frei«, erklärte Pater Sebastian und deutete mit dem Daumen über seine rechte Schulter nach hinten.

»Unser Tagesprogramm können Sie hier auf dem Blatt nachlesen. Ich wünsche Ihnen einen schönen Aufenthalt. Wenn Sie geistliche Gespräche wünschen, bin ich immer für Sie da«, fuhr der Mönch fort und verschwand dann aus der Zelle, bevor Gaunersberg sich bedanken konnte. Ludwig blickte auf das Blatt, das auf dem kleinen Schreibtisch lag. Neben den Gebets- und Essenszeiten war auf der Rückseite auch ein Lageplan des Klosters aufgedruckt. Gaunersberg versuchte, sich die Wege zur Klosterkirche und zum Speisesaal, dem Refektorium, einzuprägen. Und er memorierte die Lage der Hochschule, um ihr am nächsten Tag einen Besuch abzustatten.

In diesem Augenblick begannen die Glocken im Kirchturm zu läuten, das Zeichen für das in ein paar Minuten beginnende Abendgebet. Es dämmerte langsam über dem Talkessel, Gaunersberg schlug den Weg in die Kirche ein. Dort wurde er vom Novizenmeister erwartet und schweigend auf einen Platz im Chorgestühl geführt, wo bereits ein Buch für ihn aufgeschlagen war.

Das gesungene lateinische Chorgebet ließ Ludwig Gaunersberg in eine ruhige, entspannte Haltung verfallen. Er hatte keine Ahnung von der Bedeutung der Verse, welche die Mönche intonierten, doch der Rhythmus von Gesang, Pause und Atmung fühlte sich für ihn höchst stimmig an. Das »Gloria Patri« verstand er gerade noch und hatte bald die Bewegungen der Mönche übernommen, die sich dabei tief verbeugten. Zweimal war ihm beim Hinsetzen die Sitzplatte, die man herunterklappen musste, entglitten und mit lautem Knall auf der Halterung aufgeschlagen. Nun wusste er, woher das Sprichwort »Halt die Klappe« kam.

Nach dem Abendgebet ging es durch den Kreuzgang zum Refektorium. An einem Platz hatte ihm Pater Sebastian bereits ein Namensschildchen und eine Stoffserviette bereitgelegt. Der Abt begrüßte ihn nach dem Tischsegen und der Lesung freundlich im Kreis des Konvents und wünschte ihm einen guten Aufenthalt. Abt Bartholomäus war nach Gaunersbergs Schätzung etwa 60 Jahre alt. Sein Haar trug er mit einem geschwungenen Scheitel. Es war blond, doch Gaunersberg hatte den Verdacht, dass er seine weißen Haare nachgefärbt hatte. Unter dem Habit war ein mächtiger Bauch nicht zu übersehen. Das silberne Brustkreuz war relativ groß, ebenso der silberne Siegelring an seinem rechten Ringfinger. Er hatte ein freundliches Gesicht und wache Augen. Und doch hatte Gaunersberg den Eindruck, dass ein Gutteil seiner Freundlichkeit nur Maske war.

Nach der Komplet legte sich Gaunersberg rasch zu Bett. Er wollte am nächsten Tag weder die Vigilien verschlafen noch Zeit verlieren, um ein wenig die Situation auszukundschaften.

5. Alltagsgeschäfte

Pfarrer Josef Urbanyi war in seine Pfarre nach Wimpassing zurückgekehrt, weil sein Aushilfspriester Kiplimo einige Termine in Wien wahrzunehmen hatte. Auf seinem Schreibtisch stapelte sich ziemlich viel Post. So war er froh, einiges davon abarbeiten zu können. Doch irgendwie war er nicht bei der Sache. Er musste an seinen Freund Ludwig denken, der sich nun schon drei Tage nicht gemeldet hatte. Sollte er ihn anrufen? Oder störte er ihn dann gerade bei wichtigen Ermittlungen? Kaum hatte Urbanyi diesen Gedanken zu Ende gedacht, läutete sein Mobiltelefon, besser gesagt, es spielte einige Takte von »1492 – Conquest of Paradise«.

»Ludwig, wie geht es dir? Bist du schon eingekleidet worden?«, scherzte Urbanyi.

»Lass die Scherze, Josef«, sagte Gaunersberg sehr ernst, sodass Urbanyi das Lächeln im Gesicht gefror. Wenn sein Freund so sprach, musste etwas Schlimmes passiert sein.

»Was ist los, Ludwig?«, fragte er deshalb.

»Nun ist auch Pater Siegfried spurlos verschwunden«, antwortete Ludwig. »Er ist gestern Abend nicht zur Komplet gekommen, obwohl er sonst sehr treu bei allen Gebeten anwesend ist.«

»Kann es nicht sein, dass er sich wieder einmal mit dem Auto verfahren oder im Wald verlaufen hat? Das ist doch schon öfters vorgekommen, oder?«, fragte Pfarrer Urbanyi.

»Alle Autos des Klosters sind da. Und weil er sich öfters verirrte, hat ihm der Abt ein Armband mit GPS-Sender geschenkt. Aber es ist kein Signal zu empfangen. Als ob jemand die Batterie rausgenommen hätte«, erklärte Gaunersberg.

»Soll ich kommen?«, fragte Urbanyi, der sich mit diesen Worten einen strafenden Blick seiner Sekretärin einfing, welche gerade sein Büro betreten hatte.

»Sie können jetzt nirgendwohin ›kommen‹!«, sagte Margot Wendberg und wies auf ein Blatt in ihrer linken Hand. »Ich habe Ihnen hier zusammengeschrieben, was in den nächsten Tagen alles zu erledigen ist. Durch Ihren Urlaub sind eine Menge Termine angelaufen. Sie haben vier Taufgespräche, zwei Brautgespräche, dann will sich ein Herr zur Wiederaufnahme bei Ihnen melden. Und morgen kommt der Elektriker wegen der beiden neuen Scheinwerfer im Altarraum. Adi hat Ihnen sicher davon erzählt. Da sollten Sie dabei sein.«

»Du hörst es, ich kann im Moment nicht weg«, beteuerte Urbanyi am Telefon.

»Vielleicht sogar besser. Dich kennen ja einige Mönche. Vielleicht würden Sie dann Verdacht schöpfen. Bei mir ist das was anderes«, schloss Gaunersberg und versprach, Urbanyi auf dem Laufenden zu halten.

Pfarrer Josef Urbanyi legte das Telefon beiseite und setzte sein gewinnendes Lächeln auf:

»Liebe Margot, Sie sorgen dafür, dass ich nicht an Freizeitvergiftung sterbe!«

»Ich sorge dafür, dass die Pfarre am Laufen bleibt trotz Ihres Urlaubs«, antwortete die Sekretärin streng. »Für heute habe ich schon einmal zwei Taufgespräche angesagt. Ist Ihnen das recht?«

Urbanyi nickte und nahm seiner Sekretärin den Zettel ab.

»Schreiben Sie das bitte alles in den Google-Kalender«, bat er. Seit er sein Mobiltelefon hatte, versuchte er, sich von allzu viel Papier fernzuhalten. Und er hatte sich schon daran gewöhnt, von seinem Telefon 15 Minuten vor einem Termin daran erinnert zu werden. Seither hatte er noch kein Gespräch versäumt.

»Das erste Gespräch muss ich wohl nicht in Ihren Kalender schreiben, das Elternpaar wartet schon vor der Tür«, konstatierte Wendberg.

»Dann rein mit ihnen. Lassen wir sie nicht in der Kälte stehen«, rief Urbanyi und rieb sich die Hände vor Tatendrang.

»Kälte? Es hat 21 Grad draußen. Der Spätsommer zeigt noch, was er kann«, antwortete Wendberg und schüttelte unverständig den Kopf. Dann verließ sie den Raum, um die Taufeltern zu Pfarrer Urbanyi zu bringen.

6. Klostergeheimnisse

Ludwig Gaunersberg hatte sich schon sehr gut in den Klosteralltag eingewöhnt. Es machte ihm nichts aus, zeitig aus dem Bett zu kriechen, weil er sich abends auch früh niederlegte. Das lateinische Chorgebet gefiel ihm von Tag zu Tag mehr. Der Rhythmus von Gebet, geistlicher Lesung, Spaziergängen und Mahlzeiten ließ bei ihm einen spürbaren Erholungseffekt beginnen. Doch er war ja nicht da, um sich zu erholen. Es ging um etwas viel Wichtigeres. Nach dem Verschwinden von DDr. Dinhofer war nun auch Pater Siegfried Molnar unauffindbar. Und was Gaunersberg besonders verwunderte, war, dass Abt Bartholomäus Käsmann überhaupt keine Anstalten machte, nach den beiden zu suchen.

»Sie werden schon wieder auftauchen, sie sind ja erwachsene Männer«, war seine Antwort, als Gaunersberg ihn darauf ansprach. Vom Abt war also keine Hilfe zu erwarten. Trotzdem nahm Ludwig die Einladung des Abtes zu einem persönlichen Gespräch bei Kaffee und Kuchen in der Prälatur gerne an.

Als Ludwig Gaunersberg die große Intarsien-Türe der Prälatur öffnete, blieb ihm vor Staunen der Mund offen stehen. Hier war nichts von der Kargheit der übrigen Räumlichkeiten des Klosters zu erkennen. Die weitläufigen Räume waren mit reich verzierten Brokattapeten geschmückt, die Sitzgarnituren mit barocken Verschnörkelungen und Samtüberzügen erinnerten ihn an die Prunksäle im Wiener Belvedere oder Schloss Schönbrunn.

»Kommen Sie nur. Willkommen in meinen bescheidenen vier Wänden!«, rief ihm Abt Bartholomäus entgegen.

Wenn das bescheiden ist, dachte Gaunersberg bei sich, was ist dann prunkvoll in den Augen des Abtes?

Während sich Gaunersberg setzte, servierte Frater Ephraim zwei Schalen Kaffee und stellte einen Teller mit Keksen dazu. Mit einer einladenden Geste forderte der Abt seinen Gast auf, kräftig zuzugreifen. Anders als der Kaffee der Mönche zum Frühstück, bei dem Ludwig überlegte, ob er durch das Auslaugen der schwarzen Gewänder der Mönche oder durch das Rösten toter Fliegen entstanden war, schmeckte der Kaffee in den Räumen des Abtes vorzüglich. Ein Espresso mit leichter

Säure und vollem Geschmack. Ludwig fiel ein lateinisches Sprichwort ein, das ihm Pfarrer Urbanyi einmal beigebracht hatte: »Quod licet Iovi non licet bovi.« – »Was Jupiter erlaubt ist, ist dem Rindvieh noch lange nicht erlaubt.«

»Was führt Sie zu uns, Herr Gaunersberg?«, begann der Abt die Konversation. »Hat Ihnen jemand unser Kloster empfohlen?«

Gaunersberg dachte kurz nach. Jetzt Pfarrer Urbanyi zu erwähnen, wäre der Sache sicher nicht dienlich. Daher bediente er sich einer Ausrede.

»Ich habe zufällig Ihre Homepage im Internet gesehen. Da war ich interessiert, einfach selbst für ein paar Tage das Klosterleben zu probieren.«

»Und? Wäre das ein Weg für Sie? Auch in Ihrem Alter könnten Sie noch bei uns eintreten.«

Gaunersberg hob seine rechte Hand und deutete mit dem linken Zeigefinger auf seinen Ehering.

»Meine Frau hätte da noch ein Wörtchen mitzureden.«

»Vielleicht wäre es Ihrer Gattin ganz recht, was meinen Sie?«

»Für diese Tage jetzt ist es ihr sehr recht, weil sie nach dem Maler Großputz machen möchte. Aber auf Dauer? Ich weiß nicht.«

»Und? Wie gefällt es Ihnen bei uns?«

»Mir tun die Tage hier sehr gut. Der Rhythmus des Klosterlebens, das regelmäßige Gebet. Ich kann so richtig zur Ruhe kommen.«

»Aber Sie sind schon in Pension, oder?«

»Ja, schon seit mehreren Jahren.«

»Und? Fehlt Ihnen Ihr Beruf als Kriminalbeamter?«

Gaunersberg zuckte kurz zusammen. Abt Bartholomäus hatte sich offenbar genau über ihn informiert.

»Woher wissen Sie das?«

»Wissen Sie, wir müssen schon prüfen, wer denn zu uns ins Kloster kommt.«

»Und da haben Sie meinen Beruf so schnell herausgefunden?«

»Sagen wir, ich habe meine Quellen«, gab sich der Abt geheimnisvoll.

»Und Sie werden mir wohl nicht verraten, wo diese Quelle sprudelt oder wie sie heißt?«, probierte Gaunersberg, eine Antwort zu erhalten. Doch Abt Bartholomäus lächelte milde, warf zwei Stück Zucker in seine Kaffeetasse und rührte bedächtig um. Auch das war eine Antwort.

»Ich habe gehört, dass sowohl ein Hochschulprofessor als auch ein Mönch in den vergangenen Tagen verschwunden sind«, begann Gaunersberg nun den Zweck seines Besuches zu erfüllen. Er fragte sehr vorsichtig und wollte nicht den Eindruck erwecken, den Abt zu vernehmen oder gar zu verhören.

»Ja, unser Dekan, Ehrendomkapitular DDr. Dinhofer, ist vorige Woche verschwunden. Vielleicht macht er ein paar Tage Urlaub. Ich hätte mir zwar gewünscht, dass er etwas sagt, aber ich sehe keinen Grund zur Sorge. Er ist ein freier Mann, auch wenn er zeitlicher Professe unseres Klosters ist. Und ja, Pater Siegfried kam gestern nicht zur Komplet und heute nicht zu den Gebetszeiten und Mahlzeiten. Ich habe Frater Ephraim schon angewiesen, nach ihm zu schauen.«

»In seiner Zelle ist er nicht. Dort habe ich vor einer halben Stunde geklopft«, kam die Stimme Frater Ephraims von der Türe her. Offenbar hatte er seinen Namen gehört und war aus dem Vorraum zu den beiden ins Zimmer getreten. Vielleicht hatte er auch gelauscht, mutmaßte Gaunersberg.

»Mitunter ist er wieder auf Wanderschaft. Das macht er öfters, besonders in der Ferienzeit. Ich glaube, ein Studienkollege von ihm, ein gewisser Josef Urbanyi, hat hier in Sankt Jakob ein Häuschen. Vielleicht besucht er den gerade«, gab der Abt zur Antwort.

»Das glaube ich nicht«, rutschte es Gaunersberg jetzt unabsichtlich heraus.

»Wieso? Kennen Sie diesen Urbanyi vielleicht?«

Jetzt konnte Gaunersberg nicht mehr anders, als mit der Wahrheit rauszurücken:

»Ja, wir sind gut befreundet. Und ich weiß, dass er gestern schon in seine Pfarre, nach Wimpassing im Schwarzatale, zurückgefahren ist. Bei ihm kann Pater Siegfried sicher nicht sein.«

»Ich glaube nicht, dass Sie sich den Kopf darüber zerbrechen sollten, mein lieber Herr Gaunersberg. Aber ich merke schon, der Kriminalist bricht wieder durch!«, scherzte Abt Bartholomäus und erhob tadelnd den Zeigefinger. »Genießen Sie einfach die Tage hier. Ich bin überzeugt, dass sowohl Dekan Dinhofer als auch Pater Siegfried bald wieder gesund und munter bei uns sind.«

»Und wenn nicht? Sollte man nicht doch Nachforschungen anstellen?«, insistierte nun Gaunersberg. Wenn ihm schon vorgeworfen wurde, dass seine Kriminalisten-Natur durchbrach, dann brauchte er sich nicht mehr zu verstellen.

»Was wollen Sie denn tun? Alle Mönche verhören?«, fragte Abt Bartholomäus nun, und Gaunersberg merkte, dass sein Tonfall strenger und härter wurde.

»Keine Sorge, ich will keine Unruhe stiften!«, beruhigte ihn Gaunersberg. »Ich biete aber gerne meine Hilfe an, wenn es nötig ist.«

»Bis jetzt sehe ich noch keine Notwendigkeit«, sagte Abt Bartholomäus, setzte wieder sein freundliches Lächeln auf und stand auf, wodurch er unmissverständlich anzeigte, dass die Jause nun zu Ende war.

»Es hat mich gefreut, mit Ihnen zu plaudern«, sagte er zu Ludwig Gaunersberg und hielt ihm die rechte Hand zum Gruß hin. Gaunersberg war sich nicht sicher, ob man auch bei einem Abt den Ring küssen musste, wie es bei Bischöfen üblich war. Deshalb verneigte er sich etwas tiefer als gewohnt und schüttelte dem Abt die Hand.

»Danke für Ihre Gastfreundschaft«, sagte er.

»Das ist ein Teil unserer Ordensregel«, antwortete der Abt, und Frater Ephraim begleitete Gaunersberg zur Türe. Als Ludwig die Türe von außen schließen wollte, drängte sich Frater Ephraim durch den verbliebenen Spalt, zog die Türe hinter sich zu und flüsterte:

»Ich würde gerne mit Ihnen reden. Haben Sie heute Abend nach der Komplet Zeit?«

»Ja gerne. Sie wissen ja, Zelle Nummer 5.«

»Besser wäre es draußen im Stiftshof«, entgegnete Frater Ephraim.

»O. K. Dann gehe ich nach der Komplet gleich raus«, bestätigte Gaunersberg und nickte dem jungen Mönch freundlich zu.

Die paar Stunden bis zum Abendgebet wollten nicht und nicht vergehen. Gaunersberg fühlte sich wie ein kleines Kind, das auf die Bescherung am Weihnachtsfest wartete. Wenn ihn das Jagdfieber packte – oder die Neugier wie in diesem Falle – wurde seine Geduld auf eine harte Probe gestellt. Endlich war es so weit. Nach dem »Salve Regina«, jenem schönen Gruß an die selige Jungfrau Maria als Königin und Mutter der Barmherzigkeit, zogen sich die Mönche auf ihre Zellen zurück. Gaunersberg schlenderte zum Kircheneingang und trat in die kühle Nachtluft hinaus. Der Stiftshof war durch vier Laternen nur spärlich beleuchtet, die Arkaden der Mauerumfassung schimmerten in gelbem Licht und warfen lange Schatten auf die Mauern. Gaunersberg wandte sich nach allen Seiten, um Frater Ephraim zu finden. Plötzlich löste sich bei einer Arkade eine dunkle Gestalt aus dem Schatten der Säule und kam auf ihn zu. Wegen der schwarzen Kapuze konnte Gaunersberg nicht erkennen, ob es sich um Frater Ephraim handelte. Erst als der Mönch direkt vor ihm stand, sah er das jungenhafte Gesicht Frater Ephraims.

»Was wollten Sie mir erzählen?«, flüsterte Gaunersberg.

»Danke, dass Sie gekommen sind. Es ist mir wirklich wichtig. Aber Sie müssen mir versprechen, dass weder unser Abt noch die Mitbrüder davon erfahren, dass ich mit Ihnen geredet habe«, begann Frater Ephraim.

Gaunersberg nickte. Doch Frater Ephraim insistierte weiter:

»Versprechen Sie mir Stillschweigen, Herr Gaunersberg?«

»Ja, selbstverständlich. Wenn es sich allerdings um strafrechtliche Dinge handelt, muss ich tätig werden«, antwortete Gaunersberg.

»Das können Sie ja ruhig machen. Aber mich und meinen Namen lassen Sie bitte draußen«, sagte Frater Ephraim mit einem befehlsartigen Ton in seiner Stimme.

»Dann schießen Sie mal los«, sagte Gaunersberg ungeduldig, weil er endlich wissen wollte, welches große Geheimnis Frater Ephraim ihm mitteilen wollte.

»Herr Gaunersberg, Sie sind in unser Kloster gekommen, weil Sie sich erholen wollen. Aber ich muss Ihnen sagen, dass hier nicht alles Gold ist, was glänzt. Nach außen scheint alles so harmonisch und friedlich. Aber im Inneren tobt seit Jahren ein erbitterter Kampf. Ich bin jetzt seit vier Jahren hier im Kloster. Ich bin mit viel Enthusiasmus hierhergekommen. Ich wollte schon als kleines Kind Mönch werden. Das regelmäßige Gebet, die Gemeinschaft der Brüder, all das hat mich immer schon fasziniert. Und ich bin auch jetzt noch sehr gerne Mönch.

Nur bin ich ziemlich ernüchtert, wie die Realität im Kloster und an der Hochschule aussieht.«

»Erzählen Sie mir mehr davon«, sagte Gaunersberg.

Frater Ephraim begann, einige Schritte zum Brunnen in der Mitte des Klosterhofes zu gehen und wies auf die Bank, die dort stand. Gaunersberg setzte sich, und Frater Ephraim nahm neben ihm Platz. Fast sah es aus, als wollte ein reumütiger Sünder die Beichte ablegen, als sich die Köpfe der beiden Männer näherten, sodass Gaunersberg das Flüstern von Frater Ephraim besser verstehen konnte.

»Herr Gaunersberg, ich will niemanden meiner Mitbrüder schlechtreden. Aber vielen geht es nur um die eigene Karriere, um ein Glänzen in der Öffentlichkeit. Nicht mehr um die Ideale des Mönchtums. Um Demut, um Gehorsam, um Gebet, um Armut in materiellem wie in spirituellem Sinn. Und das wirkt sich auf das Klima im Haus und an unserer Hochschule aus. Wissen Sie, ich mache mir große Sorgen um Pater Siegfried. Er ist wie ein Vater zu mir. Er ist mir im mönchischen Leben ein großes Vorbild. Und er ist ein großartiger Wissenschaftler, auch wenn er im alltäglichen Leben bisweilen ein wenig verpeilt wirkt. Ein richtiger zerstreuter Professor eben. Für mich erschien es höchst ungerecht, dass er als Dekan der Hochschule plötzlich abgesetzt wurde. Und dass dieser ›Pfingstochse‹, dieser Domkapitular Dinhofer, der nur auf seine Titel steht, obwohl er als zeitlicher Professe wesentlich kürzer im Kloster ist als ich, an seine Stelle gesetzt wurde. Da ist etwas oberfaul. Ich bin überzeugt, dass Pater Siegfried nicht einfach aus freien Stücken verschwunden ist. Da steckt irgendetwas anderes dahinter. Ich kann es nicht genau festmachen, aber mein Bauchgefühl sagt, es ist etwas Schlimmes passiert.«

»Und das Verschwinden von DDr. Dinhofer letzte Woche?«, fragte Gaunersberg dazwischen.

»Ich bin zufällig am Dekanenbüro vorbeigegangen, weil ich zu einer anderen Vorlesung musste, und da habe ich einen heftigen Streit gehört. Ich konnte nicht viel verstehen. Eine Stimme habe ich erkannt, es war die von Dinhofer. Der andere Mann war so erregt, dass seine Stimme ganz fremd klang. An irgendwen hat sie mich erinnert, aber ich komme nicht darauf, an wen. In der Aufregung hat dieser Mann richtig gequietscht, nicht mehr gesprochen. Ich hoffe, Sie verstehen, was ich damit meine.«

Gaunersberg nickte. Dann fragte er nach:

»Haben Sie irgendwelche Worte verstehen können?«

»Es klang so wie ›Ich warne dich‹ oder auch ›Ich lasse dich auffliegen‹ und ›So leicht kommst du mir nicht davon‹. Aber worum es wirklich ging, habe ich nicht verstanden.«

»Wer hat diese Warnungen ausgesprochen? Der Dekan?«

»Nein, der hat beschwichtigt und immer gesagt: ›Bitte beruhige dich doch‹ oder ›Denk doch an unseren Ruf‹. Die quietschende Stimme hat ihn gewarnt und gesagt, sie wolle ihn auffliegen lassen.«

Gaunersberg bedankte sich bei Frater Ephraim für seine Offenheit.

»Eine Frage noch, Frater Ephraim. Wenn Sie ein Kriminalbeamter wären, was würden Sie in diesem Falle tun?«

»Ich würde einmal geduldig abwarten und mich umhören, ob ich weitere Einzelheiten erfahren könnte.«

»Genau das werde ich tun. Aber nicht allein«, sagte Gaunersberg, stand auf und wünschte Frater Ephraim eine gute Nacht.

7. Traurige Wahrheit

Am nächsten Morgen tat sich Gaunersberg schwer, rechtzeitig das Bett zu verlassen. Der Abend hatte durch das Gespräch mit Frater Ephraim doch länger gedauert. Er hatte noch lange über die Worte des jungen Mönches nachgedacht und war erst knapp nach Mitternacht eingeschlafen. Und weniger als 5 Stunden Schlaf waren für Gaunersberg einfach zu wenig. Nach den Vigilien wollte

49

er sofort Pfarrer Urbanyi anrufen und fragen, ob er nicht doch kommen könnte. Er spürte, dass er zwar mit seiner kriminalistischen Erfahrung einiges ermitteln konnte, doch fehlte ihm der Zugang zu kirchlichen Interna völlig. Wie war das mit den evangelischen Räten, mit den Mönchsgelübden? Hatten Weltpriester die auch abgelegt? Ludwig merkte, dass er große Wissenslücken hatte, was diese Themen betraf. Und einen möglichen Kriminalfall in kirchlichem Milieu wollte er keinesfalls ohne seinen Freund Josef Urbanyi angehen.

Als er nach dem Morgengebet ins Freie trat, spürte er einen leichten Nieselregen in seinem Gesicht. Er ärgerte sich, keinen Regenschutz dabei zu haben, wollte aber nicht nochmals umkehren. Denn er musste Urbanyi anrufen. Um telefonieren zu können, wollte er den kleinen Weg auf die Anhöhe gegenüber der Klosteranlage einschlagen. Dort war am ehesten Empfang möglich.

Gaunersberg hatte sich noch nicht weit vom Klosterhof entfernt, als ein gellender Schrei die morgendliche Stille durchbrach. Er machte auf dem Absatz kehrt und rannte in jene Richtung, aus der er den Schrei vernommen hatte. Es war ein Nebengebäude des Klosters, wo – wie er einige Tage zuvor bemerkt hatte – die Gärtner ihre Geräte für die Pflege der Außenanlagen und Blumenbeete gelagert hatten.

Kaum war Gaunersberg zur Eingangstür getreten, um in das Dunkel des Raumes hineinzuschauen, stürzte ihm eine junge Frau entgegen. Er hatte sie schon die letzten Tage beim Rasenmähen getroffen. Die Frau fiel ihm um den Hals und schluchzte.

»Was ist passiert?«, fragte Gaunersberg und bemühte sich, den festen Griff der Umarmung zu lockern. Die Frau ließ ihre Arme sinken, wischte sich dann mit dem linken Handrücken über die Augen und sagte mit tränenerstickter Stimme:

»Er ist tot.«

»Wer ist tot?«, fragte Gaunersberg.

»Der ... der Professor. Also der Dekan. Dort hinten liegt er.«

Gaunersberg blickte in die Richtung, in welche die junge Frau mit zitternder Hand zeigte. Er musste die Augen zusammenkneifen, um im Halbdunkel des Raumes etwas zu erkennen. Deshalb zog er sein Mobiltelefon aus der Jackentasche, aktivierte die Taschenlampenfunktion und leuchte den Raum aus. In der Ecke, die ihm die Frau gewiesen hatte, standen einige grüne Gartensäcke, die mit Laub und Geäst gefüllt waren. Gaunersberg trat näher und schreckte kurz zurück. Aus einem der größeren Säcke ragte eine Hand.

»Das ist der Dekan!«, rief die Gärtnerin. »Ich erkenne ihn an seinem Siegelring.«

Am Ringfinger der Hand, einer rechten Hand, prangte ein überdimensional großer Ring, wie ihn Gaunersberg bisher nur beim Erzbischof gesehen hatte.

»Bitte fassen Sie nichts an. Gehen Sie besser raus aus dem Raum«, befahl Gaunersberg. »Kann man den Raum zusperren?«

»Ja, da ist der Schlüssel«, sagte die Frau und gab Gaunersberg einen altmodisch aussehenden Schlüssel, den sie aus der Tasche ihres Overalls gekramt hatte. Danach verließen beide den Raum, und Gaunersberg sperrte ihn ab. Schnell lief er den Weg einige Meter bergauf, bis auf seinem Mobiltelefon ein oder zwei Striche anzeigten, dass nun Funkempfang möglich war.

Zuerst wählte er die Nummer Urbanyis. Verschlafen hob der Pfarrer ab.

»Ludwig, bist du es?«

»Wen hast du erwartet, wenn du meine Nummer siehst, Josef?«, fragte Gaunersberg. Er wusste genau, dass sich sonst der Pfarrer ärgerte, wenn er angerufen und dann noch gefragt wurde, ob er es sei. Nun drehte er den Spieß um.

»Was willst du zu so nachtschlafender Zeit?«, fragte Urbanyi, den Gaunersberg offenbar aus dem Schlaf gerissen hatte.

»Unsereins hat im Kloster schon die Vigilien und die Laudes gebetet«, blaffte Gaunersberg.

»Und deswegen rufst du mich an?«

»Nein, sondern wegen einer Leiche, die ich gerade gesehen habe. Es ist mit hoher Wahrscheinlichkeit dieser DDr. Dinhofer.«

Urbanyi war nun hellwach. Er richtete sich im Bett so schnell auf, dass er mit dem Kopf gegen das Bordbrett stieß, auf dem er zahlreiche Bücher abgelegt hatte. Einige Bücher prasselten auf ihn herab.

»Aua!«, schrie Urbanyi, als er den Schmerz an der Schädeldecke wahrnahm.

»Was ist passiert, Josef?«, fragte Gaunersberg erschrocken.

»Gar nix, Ludwig. Ich habe mir nur den Kopf angestoßen.«

»An dem depperten Brett über deinem Bett? Ich hab dir schon mehrmals gesagt, dass das zu niedrig ist«, sagte Gaunersberg.

»Wollen wir jetzt über das Brett diskutieren oder über den Mord?«, blaffte Urbanyi.

»Ich habe noch nicht gesagt, dass es ein Mord war. Aber ich werde gleich den Erkennungsdienst verständigen.«

»Moment, du bist in der Steiermark. Ist da nicht das LKA Graz zuständig?«

»Theoretisch ja. Aber da ich, als Kriminalhauptkommissar in Ruhe aus dem Bundeskriminalamt in Wien, die Leiche gefunden habe, kann ich den Fall auch an meine Wiener Kollegen abgeben.«

Urbanyi überlegte, was er als Nächstes tun sollte. Eigentlich hatte er Margot Wendberg versprochen, einige Gesprächstermine an diesem Vormittag abzuarbeiten. Und dann war da noch der Elektriker mit den neuen Scheinwerfern. Andererseits konnte er seinen Freund Ludwig jetzt nicht im Stich lassen. Immerhin hatte er ihn ja engagiert, um im Kloster nach dem Rechten zu sehen.

»Ich komme in einer Stunde zu dir«, rief Urbanyi ins Telefon. Und um jedwede Widerrede seines Freundes zu unterbinden, legte er danach sofort auf. Dann wählte er die Nummer von Adi Ostermann, der – wie der Pfarrer wusste – ein Frühaufsteher war.

»Adi, ich bitte dich, dass du mich bei dem Elektriker heute vertrittst, ich muss leider weg«, sagte Urbanyi, nachdem sein vielgetreuer Mesner bereits beim ersten Freizeichen abgehoben hatte. Er musste das Telefon bereits griffbereit in der Hand gehalten haben.

»Das kann ich gerne tun, aber unter einer Bedingung. Dass dir danach recht ist, was ich mit ihm vereinbare. Nicht, dass du dann wieder drüber kritisierst!«, antwortete Adi. Und Urbanyi merkte, wie in diesen Worten so manche Verletzung der vergangenen Jahre mitschwang. Eigentlich waren er und sein Mesner ein Herz und eine Seele. Und doch krachte es immer wieder zwischen den beiden. Sie hatten sich in der Pfarrgemeinde bereits den Spitznamen »Die zwei Streithanseln« eingehandelt, weil es ihnen gelang, gerade bei hohen Festen auch wegen Nichtigkeiten aneinanderzugeraten.

»Versprochen, Adi«, sagte Urbanyi deshalb. »Ich vertraue voll und ganz auf dein Fachwissen und akzeptiere jede Entscheidung deinerseits.«

»Das würde ich gern schriftlich haben«, konterte der Mesner.

»Dazu habe ich jetzt leider keine Zeit. Mündlich muss dir genügen.«

»Wo musst du hin?«

»Nach Ebental.«

»Ins Kloster?«

»Ja, dort scheint ein Mord passiert zu sein.«

»Hat dir der Erzbischof nicht das Ermitteln verboten?«

»Ich ermittle nicht. Ich stehe einem guten Freund bei.«

»Und der heißt Gaunersberg, vermute ich.«

»Adi, du vermutest richtig.«

Die beiden Männer verabschiedeten sich lachend und beendeten das Telefonat. Nun war für Urbanyi der schwierigere Teil gekommen. Er musste seine Sekretärin bitten, die beiden Gesprächstermine, welche sie für diesen Tag eingeplant hatte, abzusagen. Um diese Zeit bei ihr anzurufen, wäre höchst unfreundlich. Darüber war der Pfarrer fast ein wenig erleichtert. Deshalb schrieb er ihr eine Nachricht per WhatsApp: »Liebe Margot, dringende seelsorgliche Angelegenheiten zwingen mich, jetzt wegzufahren. Bitte verschieben Sie die beiden Gespräche auf Freitag. Bis dahin werde ich wieder zurück sein. Ich bin die nächsten Tage im Kloster Ebental bzw. in meinem Haus in Sankt Jakob erreichbar. Gruß und Segen! Ihr Pfarrer.«

Nach dieser Aktion begab sich Pfarrer Urbanyi ins Badezimmer, um sich notdürftig für den Tag bereit zu machen. Auf dem Weg zum Waschtisch vernahm er plötzlich ein eigenartiges Geräusch. Es hörte sich an wie ein leises Zischen, dann klatschte etwas gegen die Fliesen. Urbanyi blickte nach unten, woher er das Geräusch vernommen hatte, und verzog das Gesicht. An der untersten Fliese war ein handtellergroßer weißer Fleck mit blauen und roten Einsprenkelungen. Zahnpaste! Offenbar war die Tube über Nacht vom Regal gefallen.

Und er war darauf getreten, als er ins Bad eilte. Um den Fleck würde er sich kümmern, wenn er von Ebental zurückkam. Dazu war jetzt keine Zeit. Ächzend hob er die etwas zerquetschte Tube auf und prüfte, ob noch genug für das Zähneputzen drin war. Glücklicherweise hatte er sie mit dem Pantoffel nicht völlig erwischt. Aufs Rasieren verzichtete er nach dem Zähneputzen, ein kalter Schwall Wasser im Gesicht ließ ihn nun endgültig wach werden. Er schlüpfte in sein Hemd und seine Hose, nahm die dickere Jacke aus dem Schrank und verließ das Pfarrhaus, um auf schnellstem Wege nach Ebental zu kommen.

Währenddessen hatte Ludwig Gaunersberg bereits seinen ehemaligen Assistenten und nunmehrigen Kriminalhauptkommissar, Herbert Mosbrucker, alarmiert. Und dieser rief den neuen Chef des Erkennungsdienstes, genauer gesagt, die neue Chefin, Maria Weinwurm, an.

Pfarrer Urbanyi hatte kaum eine Stunde gebraucht, um nach Ebental zu kommen. Mit quietschenden Reifen parkte er direkt vor dem Nebengebäude, wo er Gaunersberg stehen sah.

»Was haben wir hier?«, fragte er seinen Freund Ludwig. Dieser berichtete ihm kurz vom Auffinden der Leiche des Dekans DDr. Dinhofer in einem der großen Gartensäcke. Urbanyi kannte diese Art von Säcken. Aus massivem Kunststoff mit einem Plastikring an der Öffnung, damit sie stabil offenblieben, wenn man Laub oder Geäst einfüllen wollte. Zwei Tragschlingen, um die Säcke gut bewegen zu können. Er selbst verwendete solche im Pfarrgarten, um das Laub der Obstbäume im Herbst aufzusammeln. Obwohl er die strafenden Blicke Gaunersbergs im Rücken spürte, wagte der Pfarrer einen Blick ins Dunkel des Raumes. Er zuckte zusammen, als im Lichtkegel der Taschenlampe seines Mobiltelefons die Hand mit dem Siegelring, die aus einem der Gartensäcke herausragte, sichtbar wurde.

Als Mosbrucker etwa 40 Minuten später in Ebental ankam, wurde er bereits von Urbanyi und Gaunersberg beim verschlossenen Tor des Geräteschuppens erwartet. Gerade, als Gaunersberg seinen Nachfolger über die Sachlage aufklären wollte, kam Abt Bartholomäus mit eiligen Schritten heran.

»Kann mir jemand erklären, was hier los ist?«, keuchte er völlig außer Atem. »Was ist das für ein Tumult hier?«

»Herr Abt, wir müssen leider davon ausgehen, dass DDr. Franz Dinhofer einem Verbrechen zum Opfer gefallen ist«, fasste Gaunersberg kurz zusammen.

»Einem Verbrechen? Ist er tot?«, fragte der Abt.

»Dass er tot ist, steht fest; ob es sich um ein Verbrechen handelt, wird die Spurensicherung und der

Gerichtsmediziner in den kommenden Stunden feststellen. Aber aufgrund des Fundortes hier im Geräteschuppen müssen wir wohl davon ausgehen«, antwortete Gaunersberg.

»Aber bitte vermeiden Sie jegliches Aufsehen! Der Ruf des Klosters steht auf dem Spiel«, bat der Abt.

»Oder dein Ruf«, dachte Gaunersberg bei sich. Doch er nickte höflich und sagte nach einer kurzen Stille:

»Selbstverständlich, Herr Abt. Wir werden so diskret wie möglich vorgehen. Aber es könnte sich schließlich um Mord handeln. Da wird Diskretion nicht mehr so leicht möglich sein.«

Abt Bartholomäus wischte sich den Schweiß von der Stirne und drehte sich ohne ein weiteres Wort auf dem Absatz um. Er eilte zurück ins Kloster. Man sah ihm die Anspannung an.

»Herr Abt, bitte halten Sie sich zur Verfügung, wir werden gleich noch mit Ihnen sprechen müssen«, rief ihm Gaunersberg nach.

»Führst du jetzt die Vernehmungen oder soll ich?«, fragte Herbert Mosbrucker, und es war ihm anzusehen, dass ihn die Einmischung seines früheren Vorgesetzten etwas störte.

»Herbert, ich möchte dir nicht ins Handwerk pfuschen«, beschwichtigte Gaunersberg. »Aber ich war jetzt einige Tage im Kloster, ich könnte dir zumindest die

Informationen geben, die ich bisher habe. Doch ich möchte, dass Josef dabei ist. So manche Gepflogenheiten hier im Kloster sind mir halt noch fremd.«

»Also ist das ›Dream-Team‹ wieder glücklich vereint«, spottete Mosbrucker. »Dann kann ich ja Urlaub machen. Es ist schön hier.«

»Herbert, wir wollen nur helfen«, rechtfertigte sich Urbanyi. »Schließlich hat Pater Siegfried mich zuerst um Hilfe gebeten.« Beim Wort »mich« schlug er sich etwas zu heftig auf die Brust.

»Schon gut«, sagte Mosbrucker. »Ich bin ja dankbar für eure Hilfe. Mit dem Kirchenzeugs kenne ich mich ja auch nicht so aus.« Im nächsten Augenblick bereute er schon wieder den Ausdruck »Kirchenzeugs«. Doch weder Urbanyi noch Gaunersberg schienen darauf zu reagieren.

Ein Einsatzwagen mit Blaulicht näherte sich den beiden. Als er angehalten hatte, stieg Maria Weinwurm aus. Sie zog sich einen weißen Overall mit der Aufschrift »Forensik« über, dazu Latex-Handschuhe und einen Mundschutz. Erst dann nickte sie den Umstehenden zu. Mit ihrem Koffer zur Spurensicherung betrat sie nun den Geräteschuppen. Ein weiterer Wagen kam. Gerichtsmediziner Dr. Hubert Weingartner stieg aus und betrat ebenfalls den Geräteschuppen, ohne die Umstehenden eines Blickes zu würdigen.

»Ist der immer so unfreundlich?«, fragte Urbanyi

»Wir haben ihn aus dem Urlaub geholt«, erklärte Mosbrucker.

Nach einigen Minuten kam Dr. Weingartner heraus und begann:

»Guten Morgen allerseits. Eigentlich sollte ich jetzt in Fischbach mit meiner Frau beim Frühstück sitzen, aber bitte. Sind ja nur 20 km bis hierher. Was ich einmal ohne Obduktion sagen kann: Todeszeitpunkt gestern zwischen 16 und 20 Uhr, keine äußeren Verletzungen erkennbar. Eigenartig ist aber die Verfärbung der Zunge und der Lippen. Ich tippe auf eine Vergiftung. Mehr nach der Obduktion. Da müsst ihr ihn aber zuerst nach Wien bringen. Und ich opfere den Wandertag für euren Bericht!«

Gaunersberg nickte. Urbanyi wollte noch eine Frage stellen, doch Gaunersberg hielt ihn kurz an der Hand, um ihm zu bedeuten, dass dies bei der derzeitigen Laune des Gerichtsmediziners eher nicht angebracht war. In diesem Moment trat Maria Weinwurm an sie heran und berichtete:

»Wir haben drei verschiedene Schuhabdrücke isolieren können. Natürlich, bevor Dr. Weingartner gekommen ist. Der eine Abdruck passt zu den Schuhen der Gärtnerin, der andere zu Ihren, Herr Gaunersberg. Den dritten haben wir per Abguss konserviert. Ein

Herrenschuh, Größe 46. Es ist nicht der Abdruck des Toten, der hat keine Schuhe an.«

Die Chefin des Erkennungsdienstes wischte über den Bildschirm ihres iPads und zeigte Gaunersberg und Urbanyi ein Foto des Schuhabdrucks.

»Können Sie mir das per WhatsApp schicken?«, bat Urbanyi. Weinwurm blickte kurz fragend zu Gaunersberg und Mosbrucker. Herbert nickte zustimmend. Er hatte verstanden, warum Maria Weinwurm zögerte. War es erlaubt, Interna der Ermittlungen an eine außenstehende Person wie dem Pfarrer zu übermitteln? Doch bei Josef Urbanyi konnte er – nein, musste er – eine Ausnahme machen. Maria Weinwurm tippte auf ihren Bildschirm, und in diesem Augenblick vibrierte das Mobiltelefon in Urbanyis Tasche.

»Danke vielmals«, sagte er.

»Für uns ist sonst nicht mehr viel zu tun«, konstatierte die Erkennungsdienstlerin. »Bei all dem Laub und Staub ist die Spurenlage äußerst dünn.«

»Aber wenigstens haben wir den Schuhabdruck«, sagte Gaunersberg. »Vielleicht hilft uns der ein wenig weiter.«

8. Auf der Suche nach Pater Siegfried

»Jetzt ist es traurige Wahrheit, dass Franz Dinhofer offenbar einem Verbrechen zum Opfer gefallen ist«, resümierte Gaunersberg. »Wenn der Dr. Weingartner recht hat, ist er vergiftet worden.«

»Oder er hat sich selbst vergiftet«, mutmaßte Urbanyi.

»Und ist dann selbstständig barfuß in den Gartensack geklettert, um dort zu sterben?«, fragte Mosbrucker.

Urbanyi merkte, wie er rot im Gesicht wurde. Es war ihm peinlich, was er eben von sich gegeben hatte. Wo war denn sein kriminalistisches Gespür geblieben? Früher hatten ihn die Kriminalbeamten für seine logischen Schlüsse bewundert ... und dann dieser Fauxpas?

»Stimmt, das war jetzt ein Fehlschluss«, beteuerte Urbanyi. »Was ich aber nicht ganz verstehe: Dieser Franz Dinhofer war doch nicht gerade leicht. Wenn ihn jemand hier in den Schuppen getragen hat, warum gibt es nur diesen einen Schuhabdruck? Müssten es nicht mehr Leute gewesen sein?«

»Wer sagt, dass er getragen wurde? Vielleicht hat der Täter eine Scheibtruhe[1] verwendet?«, dachte Mosbrucker laut. »Die Spuren hätte man ja nicht von früheren

---

[1] *Österreichisch für »Schubkarre(n)«.*

63

auseinanderhalten können. Mit der Scheibtruhe fahren die Gärtner sicher ständig hier ein und aus.«

Gaunersberg nickte zustimmend. Er war sehr nachdenklich geworden.

»Was ich als vorrangig wichtig erachte, ist, dass wir jetzt Pater Siegfried finden. Ich hoffe doch, dass er noch am Leben ist und nicht auch ...«, sagte er und wollte seine Befürchtung nicht aussprechen.

»Ich schlage vor, ihr beide geht einmal zum Abt und zu den Mönchen, ich schaue mich einstweilen in der Hochschule um«, sagte Urbanyi. Mosbrucker und Gaunersberg waren mit dem Vorschlag einverstanden. Da Gaunersberg über die Schlüssel für das Kloster verfügte, konnte er mit Mosbrucker ohne Probleme in die Klausur gehen, um zuerst Abt Bartholomäus, dann die Mitbrüder zu befragen. Urbanyi schlug die Richtung zur Hochschule ein, die ebenfalls in einem Nebengebäude, das einem barocken Schloss ähnelte, untergebracht war.

Es war noch Ferienzeit, die Vorlesungen sollten erst wieder Anfang Oktober – wie auf jeder Universität – beginnen. Urbanyi betrat die Eingangshalle, die geschmackvoll mit Gemälden der bisherigen Dekane ausgestattet war. Was Urbanyi sofort auffiel, war die Tatsache, dass bereits ein Ölgemälde von DDr. Dinhofer am Ende der Galerie hing. War er nicht erst vor wenigen Wochen zum Dekan bestellt worden? So schnell hatte man ihn in Öl verewigt? Urbanyi kam dies reichlich eigenartig vor. Besonders eigenartig empfand er, dass Dinhofer nicht als Mönch, Frater Sigmund, der er ja seit einem Jahr war, dargestellt war, sondern im vollen Ornat des Domkapitulars. Ihm fiel der Begriff »Pfingstochse« wieder ein, mit dem ihn Georg Weissenböck einige Tage zuvor bezeichnet hatte. Für Dinhofer traf der noch besser zu!

Von der Eingangshalle stieg Pfarrer Urbanyi über die großzügig angelegte Treppe in den ersten Stock der Hochschule. Hier waren die Vorlesungsräume untergebracht. Aus einem Raum vernahm Urbanyi die Geräusche eines Staubsaugers. Er betrat den Raum und sah, dass ein Mönch gerade dabei war, den Boden zu säubern. Da der Ordensmann ihm den Rücken zuwandte, hatte er nicht bemerkt, dass Urbanyi eingetreten war. Der Lärm des Staubsaugers hatte auch die Trittgeräusche des Pfarrers übertönt.

»Guten Morgen!«, rief Pfarrer Urbanyi lauter als geplant. Der Mönch zuckte zusammen, drehte sich ruckartig um, sodass er sich im Schlauch des Staubsaugers verheddterte. Jetzt erkannte ihn Urbanyi.

»Pater Sebastian?«, fragte er.

Der Mönch nickte.

»Als Novizenmeister pflegen Sie hier die Räume der Hochschule?«, fragte Urbanyi erstaunt.

»Ja, Personal ist teuer heutzutage. Mit derzeit nur einem Novizen und zwei zeitlichen Professen habe ich freie Kapazitäten für die Arbeit hier. Und weil unser Herr Abt dafür sorgt, dass wir nicht unter zu viel Freizeit leiden, hat er mir diese Aufgabe übertragen.«

»Zwei zeitliche Professen? Haben Sie noch nicht gehört, was gestern Abend passiert ist?«, fragte Urbanyi, der nicht genau wusste, ob die Nachricht vom Tod des Dekans schon die Runde gemacht hatte.

»Wir sind zwar ein Kloster, aber deshalb nicht von gestern«, sagte Pater Sebastian und fingerte ein Mobiltelefon aus seinem Habit hervor. Er zeigte es Urbanyi. Auf dem Display war eine Nachricht des Abtes zu sehen. Er wies alle Mönche an, um 10 Uhr in den Kapitelsaal zu einer außerordentlichen Besprechung der Sachlage zu kommen. Bis dahin solle höchste Diskretion gewahrt werden. Urbanyi merkte, dass Pater Sebastian über die Anweisungen des Abtes keineswegs erfreut war.

»Sie haben recht. Ich habe jetzt nur mehr einen zeitlichen Professen, Frater Ephraim, der zweite, Frater Sigmund, ist tot«, sagte Pater Sebastian traurig.

»Was werden Sie wohl besprechen?«, versuchte er nun aus Pater Sebastian herauszulocken.

»Das, lieber Herr Pfarrer, ist Kapitelgeheimnis«, grinste Pater Sebastian. »Aber wie es bei Geheimnissen so ist, weiß es fünf Minuten später sowieso die ganze Ortschaft! Also haben Sie ein wenig Geduld.«

»Haben Sie irgendetwas von Pater Siegfried gehört?«, wollte Urbanyi wissen. Pater Sebastian schüttelte traurig den Kopf.

»Nein. Leider. Ich mache mir schon Sorgen um ihn. Wissen Sie, seine Absetzung hat ihm schon sehr zu schaffen gemacht. Nicht, dass er suizidgefährdet wäre, aber sehr gedrückt war er schon in letzter Zeit.«

»Hat er vielleicht Alkohol getrunken?«, fragte Urbanyi, obwohl er wusste, dass Pater Siegfried dies normalerweise nicht tat.

»Keinen Schluck. Da war er ganz streng zu sich. Kein Fleisch, keinen Alkohol«, verneinte Pater Sebastian. »Aber ich muss jetzt leider weitermachen, sonst werde ich bis zum Mittagsgebet nicht fertig.«

»Ich möchte Sie nicht aufhalten«, beteuerte Urbanyi. »Darf ich mich ein wenig umsehen?«

»Selbstverständlich. Alle Räume sind offen. Gehen Sie ruhig durch.«

Pfarrer Josef Urbanyi verließ den Vorlesungssaal, in dem Pater Sebastian wieder unter dem Gedröhne des Staubsaugers seine Arbeit aufnahm. Im nächsten Saal war offenbar schon gereinigt worden, denn alle Stühle standen oben auf den Tischen. Urbanyi blieb an der Türe stehen und blickte sich nur kurz um. Die nächste Tür war geschlossen, aber nicht versperrt. Als Urbanyi sie öffnete, konnte er in einen Raum blicken, der offensichtlich als Handbibliothek diente. Weitläufige Regale standen in ordentlichen Reihen da, gefüllt mit unzähligen Büchern, alle auf dem Buchrücken mit Registriernummer versehen. Vier kleine Tische mit Stühlen und Leselampen ergänzten das Bild. Da die Stühle noch auf dem Boden standen, mutmaßte Urbanyi, dass Pater Sebastian hier bis jetzt nicht aufgeräumt hatte. Urbanyi wollte schon wieder die Türe schließen, als ihn ein eigenartiges Gefühl beschlich. Es drängte ihn förmlich, sich die Bücherregale genauer zu besehen. In den ersten zwei Reihen fand er nichts Auffälliges, doch als er die dritte Reihe durchschritt und die oberen Bücherreihen betrachtete, stieß sein Fuß plötzlich gegen etwas, das auf dem Boden lag. Es war nicht etwas, es war jemand. Ein Mönch lag hier auf dem Bauch, den Kopf zur Seite gedreht. Urbanyi erkannte sofort, dass es sich um Pater Siegfried handelte. Die Glatze seines ehemaligen Studienkollegen, die von einem leichten grauen Haarkranz umgeben war, spiegelte im Sonnenlicht, das gerade durch das Fenster hereinschien.

Durch den Stoß, den Urbanyi ihm mit dem Fuß versetzt hatte, schien Pater Siegfried aufgeweckt worden zu sein. Er hustete, öffnete seine Augen und hob seinen Kopf ein wenig vom Boden.

»Wo ... wo bin ich?«, fragte Pater Siegfried dann.

»In eurer Handbibliothek«, sagte Urbanyi und half Pater Siegfried auf die Beine. Er war leichenblass, kalter Schweiß stand ihm auf der Stirn. Urbanyi führte ihn zu einem der Stühle. In der Ecke des Raumes war ein Waschbecken. Glücklicherweise stand ein Wasserglas bereit. Urbanyi füllte es und brachte es Pater Siegfried, der es gierig austrank. Nun schien er sich von seiner Benommenheit etwas zu erholen.

»Kannst du dich an etwas erinnern?«, fragte Urbanyi.

»Ich weiß nur noch, dass ich gestern Nachmittag hier in die Bibliothek gegangen bin. Ich wollte für mein neues Buch etwas recherchieren. Und dann ...«, versuchte Pater Siegfried sich zu sammeln.

»Und dann ...?«, insistierte Urbanyi.

»Ich weiß nicht. Ich habe mir einen Schluck Wasser genommen. Und dann ist mir schwindlig geworden. Ich glaube, es war noch jemand im Raum. Aber ich kann mich nicht erinnern, wer das gewesen ist.«

»Hat er mit dir gesprochen?«

»Das kann ich nicht sagen. Ich kann mich nicht erinnern. Ich habe einen totalen Filmriss.«

Urbanyi wählte die Nummer von Gaunersberg am Mobiltelefon. Doch dieser hob nicht ab. So versuchte er es bei Mosbrucker. Da auch dieser das Gespräch nicht entgegennahm, tippte er schnell eine Nachricht »Pater Siegfried gefunden. Er lebt.« und sandte sie an die beiden.

Inzwischen hatte sich Pater Siegfried so weit erholt, dass er mithilfe von Urbanyi aufstehen konnte und zum Ausgang der Bibliothek wankte.

»Wo willst du hin?«, fragte Urbanyi.

»In meine Zelle, ich muss mich niederlegen.«

»Sollen wir nicht den Arzt holen?«, schlug Urbanyi vor.

»Ja, vielleicht«, antwortete Pater Siegfried, und Urbanyi erkannte, dass es seinem Mitbruder ziemlich übel war. In diesem Augenblick vibrierte Urbanyis Telefon, »Ludwig ruft an« zeigte das Display. Urbanyi lehnte Pater Siegfried an die Wand, hielt ihn mit einer Hand fest und hob ab.

»Wo ist er?«, rief Gaunersberg.

»In der Handbibliothek in der Hochschule. Ich werde jetzt einen Arzt rufen«, antwortete Urbanyi.

»Nicht einen Arzt, ich hole unseren Gerichtsmediziner zurück, der ist auf dem Weg nach Wien«, sagte Gaunersberg und legte auf.

9. Millimeterarbeit

Als die Nachricht Urbanyis die beiden Kriminalbeamten erreichte, saßen sie gerade bei Abt Bartholomäus Käsmann, dem man die Nervosität über die Vorkommnisse dieses Morgens noch immer ansah.

»Ich bin außer mir. In meinem Kloster ein Todesfall! Vielleicht sogar ein Mordfall! Was das für einen Medienrummel geben wird. Dabei hatten wir so einen guten Ruf, als Klostergemeinschaft und mit unserer kleinen, feinen Hochschule!«, lamentierte er vor den beiden Beamten.

»Herr Abt, bitte beruhigen Sie sich. Wir werden so diskret wie möglich vorgehen«, versprach Mosbrucker. »Aber es ist eben nötig, jetzt alle Hinweise zu sammeln, die zur Ermittlung des Täters führen können.«

»Das verstehe ich schon, Herr ... wie war gleich Ihr Name?«

»Mosbrucker, Kriminalhauptkommissar Mosbrucker vom Bundeskriminalamt Wien.«

»Wieso ist eigentlich Wien zuständig und nicht Graz?«

»Weil ich früher im BKA in Wien tätig war, habe ich meine Kollegen geholt. Und die Grazer informiert, dass wir den Fall übernehmen. Das war dem Grazer

Landeskriminalamt nur recht, weil sie derzeit unter Personalmangel leiden«, erklärte Gaunersberg.

Abt Bartholomäus nickte. Vielleicht war es ihm sogar ganz recht, dass nicht Graz, sondern Wien an der Sache dran war. In diesem Moment erhielt Gaunersberg die Nachricht von Urbanyi.

»Herr Abt, das ist jetzt eine gute Nachricht! Pater Siegfried wurde gefunden und lebt. Pfarrer Urbanyi hat mir gerade die Nachricht geschrieben«, rief Ludwig Gaunersberg freudig aus.

Der Abt, der kerzengerade dasaß, als Gaunersberg sein Handy zückte, ließ sich erleichtert in die Couch zurückfallen und atmete hörbar aus.

»Gott sei Dank. Wenigstens etwas. Ist er wohlauf?«

»Das hat Pfarrer Urbanyi jetzt nicht geschrieben. Aber ich rufe ihn gleich an.«

Nach dem Telefonat mit Urbanyi wählte Gaunersberg die Nummer des Gerichtsmediziners.

»Herr Dr. Weingartner, bitte kommen Sie nochmals zurück. Wir haben den vermissten Pater gefunden!«, bat er den Arzt, der dem Geräusch nach zu schließen bereits auf der Semmering Schnellstraße unterwegs war.

»Sie machen wohl Witze, ich bin bereits bei Schottwien!«, rief der Mediziner ärgerlich.

»Es wäre wirklich wichtig. Wir müssen davon ausgehen, dass auch Pater Siegfried Opfer strafbarer Handlungen geworden ist«, insistierte Gaunersberg.

»O. K. Ich drehe um, hier bei der Raststätte ist es möglich«, willigte der Arzt ein. »Aber das kostet euch eine Menge Überstunden, wenn ihr mir den Urlaub vermasselt!«

Inzwischen hatte Pfarrer Urbanyi Pater Sebastian gerufen, als dieser kurz den Staubsauger ausgeschaltet hatte. Sie hakten sich links und rechts bei Pater Siegfried unter, um ihn auf seine Zelle zu bringen. Immer wieder wurden ihm die Knie weich und er drohte, in sich zusammenzusinken. Mit vereinten Kräften schafften die drei aber den Weg über den Klosterhof in den ersten Stock der Klausur zur Zelle Pater Siegfrieds. Dort wartete Abt Bartholomäus mit Gaunersberg und Mosbrucker bereits auf seinen Mitbruder.

»Um Gottes willen, Pater Siegfried, was ist passiert?«, rief der Abt schon von Weitem. Pater Siegfried blickte den Abt aus müden Augen an, schüttelte dann den Kopf und ließ sich wortlos in seine Zelle bringen.

»Herr Abt, wir sollten unser Gespräch fortsetzen«, sagte Mosbrucker mit unüberhörbarer Autorität. Dies schien den Abt zu beeindrucken. Mit einer einladenden Handbewegung zeigte er den beiden Beamten mit gespielter und etwas übertriebener Freundlichkeit, dass sie in Richtung Prälatur vorgehen sollten. Urbanyi folgte ihnen.

Im barocken Prälaturzimmer angekommen, blickte Abt Bartholomäus etwas verwirrt auf Pfarrer Urbanyi:

»Werden Sie jetzt auch beim Gespräch dabei sein, Herr Pfarrer?«

Herbert Mosbrucker ergriff augenblicklich das Wort und sagte:

»Herr Pfarrer Urbanyi ist für uns seit Jahren ein exzellenter Berater. Vor allem, wenn es um Fälle im kirchlichen Umfeld geht. Wir vertrauen auf seine Expertise!«

Urbanyi spürte, wie sich seine Wangen röteten. Einerseits freute er sich sehr über diese lobende Beschreibung, die Herbert Mosbrucker soeben ausgesprochen hatte. Andererseits war es ihm fast peinlich, dass er so positiv dargestellt wurde. Denn zugleich erinnerte er sich an so manche Momente, wo seine Anwesenheit sowohl Mosbrucker als auch seinem alten Freund Ludwig Gaunersberg ein mächtiger Dorn im Auge war. Er senkte den Kopf und machte eine abwehrende Handbewegung.

»Nun gut, dann soll es mir recht sein«, sagte Abt Bartholomäus, doch in seiner Stimme spürte man das genaue Gegenteil zu den Worten. Was hatte er gegen die Anwesenheit Urbanyis? Josef Urbanyi dachte darüber intensiv nach und überhörte dadurch den Anfang der Frage Mosbruckers:

»… was sagen Sie dazu, Herr Abt?«

»Was würde Herr Pfarrer Urbanyi darauf sagen?«, antwortete der Abt mit einer Gegenfrage. Urbanyi schreckte auf. Er blickte die drei der Reihe nach an, dann entgegnete er:

»Ich glaube, es ist besser, wenn Herr Abt selbst darauf antwortet.« Ein Moment des Schweigens folgte nun. Gaunersberg grinste und warf einen Seitenblick auf Urbanyi. Er kannte seinen Freund. Er hatte genau gemerkt, dass dieser gerade unaufmerksam gewesen war und deshalb die Frage nicht beantworten konnte, weil er sie nicht gehört hatte.

Auch Mosbrucker hatte die peinliche Situation bemerkt und wiederholte seine Frage:

»Vielleicht war ich nicht ganz verständlich. Meine Frage war, welche Verbindung zwischen Pater Siegfried und DDr. Franz Dinhofer besteht beziehungsweise bestand.«

Abt Bartholomäus senkte den Blick und schwieg. Pfarrer Urbanyi räusperte sich. Wenn er jetzt preisgab, was ihm Pater Siegfried einige Tage zuvor über Dinhofer gesagt hatte, war es möglich, dass Abt Käsmann beleidigt oder eingeschnappt war. Andererseits konnte und wollte er auch nicht lügen. Vielleicht trug es ja zur Klärung dieses mysteriösen Falles bei. Deshalb versuchte er sich in einer diplomatischen Antwort:

»Nun, ich könnte mir schon vorstellen, dass die Amtsübergabe von Pater Siegfried zu Frater Sigmund nicht ganz reibungslos verlaufen ist ...«

Gaunersberg wurde hellhörig:

»Wer bitte ist Frater Sigmund?«

»DDr. Dinhofer!«, antwortete Urbanyi.

»Und welches Amt hat er jetzt?«

»Er ist der Dekan der Hochschule hier.«

»Und das war vorher Pater Siegfried?«

»Ja, bis vor 2 Monaten.«

Gaunersberg schloss kurz die Augen. Jetzt wurden ihm die Zusammenhänge klar. Dann dachte er laut:

»Gut, dann hätte Pater Siegfried Molnar ein Motiv. Aber im Moment erscheint er uns doch als Opfer, nicht als Täter, oder sehe ich da etwas falsch?«

Urbanyi nickte zustimmend. Er hatte zwar bemerkt, dass Pater Siegfried bei seinem nächtlichen Besuch in seinem Haus ziemlich erregt über die Form der Übergabe war, andererseits hatte er ja gesagt, dass er gar nicht unglücklich darüber sei, sich nun wieder mehr der Wissenschaft widmen zu können. Außerdem war es ja Pater Siegfried, der Urbanyi bat, nach Dinhofer zu suchen. Hätte er ihn wirklich gebeten, wenn er selbst etwas mit dem Verschwinden oder dem Mord zu tun hätte?

»Herr Abt, wie kann ich mir eine solche Amtsübergabe an Ihrer Hochschule vorstellen?«, fragte Mosbrucker. Eine kurze Stille trat ein, dann nestelte Abt Bartholomäus nervös an seinem Habit, bevor er zu sprechen begann:

»Das ist eine ganz einfache Sache, Herr Mosburger.«

»Mosbrucker!«

»Ach ja, entschuldigen Sie. Mein Namensgedächtnis. Also, was wollten Sie wissen?«

»Ich wollte wissen, wie die Amtsübergabe von einem Dekan zum anderen läuft. Gibt es da eine Wahl? Oder ein Casting?«, fragte Mosbrucker.

»Haha, Casting, Sie sind witzig, Herr Mosburger«, antwortete der Abt und versuchte sich in einem Scherz. Mosbrucker verzichtete darauf, nochmals seinen Namen zu korrigieren. Vielleicht war es auch nur ein Trick des Abtes, um von der Frage abzulenken, deshalb setzte er nochmals nach:

»Also, bitte erklären Sie das jetzt einem Außenstehenden. Wird der Dekan gewählt? Von den Mönchen? Von einem Gremium an der Hochschule?«

»Nein, das ist statutenmäßig meine Aufgabe, einen Dekan zu ernennen«, antwortete Abt Bartholomäus nun.

»Und aus welchem Grund haben Sie Dinhofer statt Pater Siegfried genommen? Hat sich Pater Siegfried etwas zuschulden kommen lassen?«, warf Gaunersberg ein.

»Nein. Nein, im Gegenteil, wir waren mit Pater Siegfried sehr zufrieden. Aber Sie müssen verstehen. Ehrendomkapitular DDr. Franz Dinhofer ist einfach eine Persönlichkeit in der katholischen Landschaft Österreichs. Und damit eine wichtige Bereicherung unserer katholischen Lehranstalt hier in Ebental«, erklärte der Abt.

»Und wie genau wurde Pater Siegfried abgesetzt und Frater Sigmund eingeführt?«, wollte Mosbrucker nun genau wissen. Und er merkte, wie Abt Bartholomäus nervöser wurde.

»Das ... das war meine Entscheidung«, sagte der Abt danach und rang um Festigkeit in der Stimme. Er griff sich an sein silbernes Brustkreuz und setzte nach:

»Ich habe als Abt das Recht und die Pflicht, diese Personalfragen zu entscheiden.«

»Das ist mir schon klar. Aber ich würde gerne den Modus erfahren. Gab es eine Dankfeier für Pater Siegfried oder einen Gottesdienst? Wie genau ist es vonstattengegangen?«, fragte Mosbrucker.

»Ich ... ich habe beim Mittagessen den Namen des neuen Dekans verlautbart«, antwortete Abt Bartholomäus.

»Aha, nachdem Sie mit Pater Siegfried gesprochen hatten?«, fragte Gaunersberg. Der Abt wurde merklich rot im Gesicht.

»Das ... das hat sich vorher leider nicht ergeben«, stotterte er. »Ja, ich weiß, das ist nicht ganz glücklich gelaufen. Aber ich hatte den Eindruck, dass es Pater Siegfried ganz recht war, wieder mehr in der Forschung und weniger in der Verwaltung zu sein.«

»Aber Sie verstehen schon, dass dies für Pater Siegfried ein Schlag ins Gesicht war?«, warf nun Pfarrer Urbanyi ein. Der Abt schien irritiert, dass der Priester selbst das Wort ergriff und die Befragung nicht den beiden Kriminalisten überließ.

»Das tut jetzt nichts zur Sache. Als Abt muss man so etwas aushalten«, antwortete der Angesprochene ausweichend.

»Und? Hat es Pater Siegfried auch ausgehalten?«, versuchte Gaunersberg den Kirchenmann nun zu provozieren. Und seine Provokation zeigte Erfolg. Abt Bartholomäus sprang auf und rief voller Erregung:

»Ich kann mich doch nicht um jede Gefühlsregung anderer Leute kümmern!« Seine Stimme wurde in seiner Emotionalität immer höher und ging mehr und mehr in ein Quietschen über. Gaunersberg wurde hellhörig. Hatte Frater Ephraim nicht etwas von einer quietschenden Stimme gesagt? Er wollte den Abt darauf ansprechen,

79

doch sein Nachfolger Herbert Mosbrucker hatte schneller reagiert.

»Herr Abt, wir wollen Sie nicht verärgern«, beschwichtigte nun Mosbrucker. »Aber ich bitte Sie, mir zu sagen, wo Sie gestern Abend zwischen 17 und 20 Uhr waren.«

»Wo soll ich schon gewesen sein?«, antwortete der Abt feindselig. »Zuerst hier in der Prälatur, ab 18 Uhr beim Gebet in der Kirche, dann beim Abendessen und bei der Komplet. Das können meine Mitbrüder bezeugen!«

»Eine Frage hätte ich noch«, warf Ludwig Gaunersberg nun doch ein. »Hatten Sie vor einigen Tagen einen Streit? Oder sagen wir, eine heftigere Diskussion mit DDr. Dinhofer?«

»Nein! Wie kommen Sie darauf? Wir haben uns ausgezeichnet verstanden«, beteuerte darauf der Abt.

»Herr Abt, wie viele Mönche sind derzeit im Kloster?«, fragte Mosbrucker.

»Neben Pater Siegfried noch der uralte Pater Ludwig, der aber nicht mehr seine Zelle verlässt. Dann Pater Adalbert, Pater Sebastian, Pater Konrad, Pater Koloman, Frater Ephraim und Frater Sig...«, sagte der Abt und stockte, als er den Namen des Toten aussprechen wollte.

»Das ist aber keine große Zahl«, warf Gaunersberg ein.

»Einige sind im Urlaub, und unser Konvent wird immer kleiner. Deshalb haben wir uns ja so über den Eintritt von DDr. Dinhofer gefreut. Eine solche hohe Persönlichkeit in der Kirche!«, jubilierte der Abt.

»Gut, Pater Sebastian kenne ich schon. Pater Konrad und Pater Koloman habe ich bei den Mahlzeiten und beim Gebet gesehen« resümierte Gaunersberg. »Wo kann ich die beiden treffen?«

»Sie können gleich zu Pater Konrad gehen. Er ist in der Zelle hier gegenüber der Prälatur. Von Pater Koloman weiß ich, dass er heute Morgen nach Graz gefahren ist. Dort wohnt seine Schwester. Er wird am Abend wieder zurückkommen. Und Pater Adalbert hat sich beim Baden ziemlich verkühlt und liegt mit Fieber im Bett«, antwortete der Abt.

10. Erste Hinweise?

Als sich Gaunersberg, Urbanyi und Mosbrucker von der Prälatur auf die andere Seite des Ganges begeben wollten, um Pater Konrad aufzusuchen, kam ihnen Pater Sebastian entgegen. Er war bis jetzt bei Pater Siegfried geblieben.

»Er hat sich hingelegt. Es ist ihm speiübel. Er sagt, das ganze Zimmer dreht sich um ihn«, sagte Pater

Sebastian. In diesem Augenblick vibrierte Mosbruckers Handy. Es war der Gerichtsmediziner, Dr. Weingartner. Mosbrucker war überrascht, dass er plötzlich Empfang hatte. Die Prälatur und der Gang davor waren offenbar einer der wenigen Bereiche des Klosters, wo Handytelefonate möglich waren.

»Ich stehe vor dem Kloster. Wo muss ich hin?«, fragte der Arzt kaum verständlich. Mosbrucker kannte sich in dem Komplex nicht aus und schaute fragend zu Gaunersberg, dieser deutete auf Pater Sebastian.

»Können Sie unseren Arzt von der Eingangstüre abholen?«, fragte Mosbrucker deshalb den Mönch. Dieser nickte und machte sich eilenden Schrittes auf den Weg. In der Zwischenzeit wollten die drei Männer Pater Konrad befragen. Doch auch auf mehrmaliges Klopfen konnten sie kein Lebenszeichen in seiner Zelle wahrnehmen. Schon war Pater Sebastian mit Dr. Weingartner zurückgekommen. Er zeigte ihm die Zelle von Pater Siegfried und ließ ihn allein eintreten. Dann gesellte er sich zu den beiden Kriminalbeamten und Pfarrer Urbanyi.

»Pater Sebastian, könnten Sie Ihren Mitbruder, Pater Konrad, anrufen?«, fragte Urbanyi. »Wir müssten mit ihm reden.«

»Das ist nicht notwendig«, antwortete Pater Sebastian. »Ich weiß, wo er ist. Er geht gerade im

Klausurgarten spazieren. Ich habe ihn gesehen, als ich Ihren Gerichtsmediziner abholte.«

So gingen Gaunersberg und Mosbrucker nach unten zum Klausurgarten. Urbanyi blieb bei Pater Sebastian und wartete, bis Dr. Weingartner wieder aus der Zelle von Pater Siegfried kam.

»Ich habe ihm Blut abgenommen und werde es analysieren. Nach dem starken Knoblauchgeruch deutet aber alles darauf hin, dass ihm Parathion eingeflößt wurde«, konstatierte der Mediziner sachlich. »Ich habe überlegt, ihm Atropin als Gegenmittel zu verabreichen. Aber dazu müsste ich erst sicher sein, ob es sich wirklich um Parathion handelt.«

»Parathion?«, fragte Urbanyi.

»E 605. Das alte Insektengift, das längst verboten ist. Aber bei vielen Gärtnern ist es in so großer Menge vorrätig, dass sie es weiterverwenden«, erklärte Dr. Weingartner. »Wenn es sich um Parathion handelt, war zum Glück die ihm verabreichte Dosis nicht tödlich. Aber er muss jetzt in intensivmedizinische Betreuung. Ich möchte die Rettung verständigen, aber ich habe keinen Telefonempfang.«

»Hier auf dem Gang funktioniert es«, sagte Urbanyi.

»Ah ja«, zeigte sich Dr. Weingartner überrascht, als er auf sein Telefon blickte. Er verständigte die Rettung und gab eine kurze Beschreibung des Zustandes des Patienten.

»Ich helfe Pater Siegfried, ein paar Sachen fürs Spital einzupacken«, sagte Pater Sebastian und verschwand in der Zelle seines Mitbruders.

»Und ich mache mich jetzt auf den Weg nach Wien zur Obduktion. Schöner Urlaub«, schnaubte Dr. Weingartner und ließ Urbanyi im Gang des Klosters stehen.

Pfarrer Josef Urbanyi schaute sich kurz um, um sich zu orientieren. Er wollte auf dem schnellsten Weg zu Gaunersberg und Mosbrucker gelangen. Dazu musste er, wenn er sich recht erinnerte, nur den Gang entlanggehen. Hinter der letzten Türe links war eine Wendeltreppe, die den direkten Weg zum Klausurgarten darstellte. Gleich neben dem Brunnenhaus mündete sie in den Kreuzgang. Zumindest war dies seine vage Erinnerung von alten Zeiten, in denen Pater Siegfried ihm einmal den Klosterkomplex gezeigt hatte. So machte er sich auf den Weg und fand die Tür zur Treppe unverschlossen. Schnell wollte er die Stufen hinunterlaufen, doch er unterschätzte die Glätte der frisch polierten Marmortreppe. Seine Lederschuhe fanden keinen Halt mehr, beide Beine waren schneller als der Rest des pfarrerlichen Körpers, sodass er unsanft auf dem Hinterteil aufschlug und im Schwung noch einige Stufen weit nach unten rutschte. Mühsam zog er sich am Geländer hoch und rieb sich seine Sitzfläche. Für die kommenden Tage würde er vermutlich das Stehen dem Sitzen vorziehen. Sein Steißbein meldete eine kräftige Beleidigung an. Leicht hinkend überwand er die zweite Hälfte der Wendeltreppe, öffnete die Türe zum Kreuzgang und hätte beinahe Herbert Mosbrucker an der Nase getroffen, der in diesem Augenblick an der Türe vorbeiging. Gaunersberg lachte auf, als er das schmerzverzerrte Gesicht Urbanyis sah.

»Was hast du denn wieder angestellt? Was war das gerade für ein Rumpler, den wir da gehört haben?«, fragte er grinsend.

»Der Rumpler war ich«, erklärte Urbanyi ärgerlich. »Ich bin auf der blöden Wendeltreppe ausgerutscht.«

»Wieder ein typischer ›Pfarrer Urbanyi‹«, spottete Gaunersberg. »Ich hätte mich ja gewundert, wenn du einen Einsatz einmal unfallfrei über die Bühne bringen würdest.«

»Geht es jetzt um meinen Sturz oder um den Fall?«, fragte Urbanyi, und Gaunersberg merkte, dass er seinen Spott jetzt nicht übertreiben durfte, wollte er seinen Freund nicht vergrämen.

»Habt Ihr Pater Konrad schon gefunden?«, fragte Urbanyi.

»Da draußen geht er spazieren. Wir wollten gerade raus«, sagte Mosbrucker. »Ich dachte, diese Türe führt zum Klausurgarten.«

»Nein, da dahinter ist die Wendeltreppe, die ich gerade etwas schneller als gewünscht genommen habe«, brummte Urbanyi. »Zum Garten geht es durch die Tür da vorne beim Brunnen.«

Urbanyi zeigte auf eine niedere Holztüre, die in einer Nische lag. Die Männer gingen dorthin. Mit einem lauten Knarzen ließ sich die Türe öffnen. Pater Konrad hatte offenbar das Geräusch gehört, blickte von dem Buch auf, das er in Händen hielt, und wandte seinen Kopf der Türe zu. Erstaunt erblickte er die drei Männer, die nun auf ihn zukamen. Er war sehr groß und extrem schlank. Unter dem schwarzen Käppchen, dem Pileolus, drängten sich dichte weißblonde Haare hervor. Sein Gesicht ließ auf etwa 40 bis 45 Jahre schließen.

»Ja bitte?«, fragte er, bevor sich einer der drei Männer vorstellen konnte.

»Wir sind vom Bundeskriminalamt Wien«, begann Gaunersberg. »Wir hätten einige Fragen an Sie.«

»Bundeskriminalamt? Sind Sie nicht unser ›Kloster auf Zeit-Gast‹?«, wunderte sich Pater Konrad.

»Das auch. Es ist ein – sagen wir – Zufall, dass ich gerade da bin, wo hier im Haus vermutlich mehrere Verbrechen passiert sind«, antwortete Gaunersberg fast wahrheitsgemäß. »Sie haben doch schon davon gehört, oder?« Pater Konrad nickte. Er deutete auf sein Buch und sagte:

»Unser Abt möchte uns um 10 Uhr sehen. Ich wollte die Zeit davor noch ein wenig mit Lesen verbringen. Wissen Sie, ich habe meine Vorlesung in Dogmatik vorzubereiten, die ab Oktober beginnt.«

»Darf ich Sie fragen, wo Sie gestern so zwischen 17 und 20 Uhr waren?«, fragte Herbert Mosbrucker. Pater Konrad kratzte sich am Kinn und dachte nach:

»Moment, gestern, sagen Sie?« Mosbrucker nickte.

»Da war ich zuerst drüben an der Hochschule, in der Bibliothek, um einige Literatur zu sichten, und danach bin ich dann zur Vesper in die Kirche gegangen«, erzählte Pater Konrad.

»In der Vesper habe ich Sie, glaube ich, aber nicht gesehen, Pater Konrad«, warf Gaunersberg ein.

»Stimmt«, antwortete der Angesprochene und zeigte mit dem Finger auf Gaunersberg. »Sie haben völlig recht. Ich habe mit dem Lesen völlig die Zeit vergessen und wäre zu spät gekommen. Ich wollte das Gebet nicht stören und habe die Vesper allein gebetet. Aber beim Abendessen um 18.30 Uhr war ich dann dabei, oder?«

Gaunersberg nickte. Er konnte sich genau erinnern, dass Pater Konrad vor der Tür des Speisesaals, der im

Kloster den vornehmen Namen »Refektorium« trägt, auf die übrigen Mönche gewartet hatte, um mit ihnen gemeinsam einzutreten und das Tischgebet zu verrichten.

»Wo haben Sie denn die ›Wespe‹ gebetet?«, fragte Mosbrucker und war sich sicher, den Namen des Gebetes irgendwie falsch verstanden zu haben.

»Vesper. Vom lateinischen Wort für ›Abend‹. Das ist unser Abendgebet«, korrigierte Pater Konrad. »Es war noch ein wenig Sonnenschein im Hof. Da habe ich mich auf die Bank dort beim Brunnen in der Mitte gesetzt und gebetet. Wissen Sie, wir haben unsere Gebete auch als App auf dem Mobiltelefon. Das ist sehr praktisch, wenn man unterwegs ist. Denn unsere großen, schweren Bücher kann man nicht so leicht mitnehmen.«

»Ist Ihnen irgendetwas aufgefallen?«, fragte Mosbrucker. »Ist jemand an Ihnen vorbeigekommen? Oder haben Sie vielleicht Pater Siegfried gesehen?«

»Der war noch in der Vesper, beim Nachtgebet hat er gefehlt«, warf Gaunersberg ein.

»Gut, aber in diese Zeit zwischen 17 und 20 Uhr fällt der Tod von Frater Sigmund«, berichtete Mosbrucker. »Pater Konrad, haben Sie irgendetwas bemerkt?«

Der Angesprochene schüttelte schweigend den Kopf und senkte den Blick. Man sah ihm an, dass ihm die Ereignisse der letzten Stunden schwer zu schaffen machten.

»Wie war Ihr Verhältnis zu Frater Sigmund?«, setzte Mosbrucker nach.

Pater Konrad blickte auf, trat einen Schritt auf Mosbrucker zu und sagte mit gesenkter Stimme:

»Unter uns, ich war nicht einverstanden, dass ein Frater, ein einfacher Professe, einen solchen Aufstieg im Kloster vollzieht. Voriges Jahr eingetreten, verkürztes Noviziat und im ersten Jahr der zeitlichen Gelübde gleich Dekan der Hochschule. So was geht nicht. Und das habe ich unserem Abt auch gesagt.« Einen Moment schwiegen alle. Dann fragte Gaunersberg:

»Und? Wie hat der Abt reagiert?«

»So wie er immer reagiert, wenn man ihn kritisiert. Er hat sich fürchterlich aufgeregt, das Gespräch für beendet erklärt und mich aus der Prälatur geworfen«, antwortete Pater Konrad, und ein Lächeln umspielte seine Lippen.

»Es klingt danach, als würden Sie Ihren Abt nicht ganz ernst nehmen«, konstatierte Gaunersberg.

»Ich habe ihm Ehrfurcht und Gehorsam versprochen«, antwortete Pater Konrad. »Aber nicht kritikloses Hinnehmen all seiner Entscheidungen!« Das war Antwort genug. Mosbrucker dankte dem Mönch für seine Zeit und gab Urbanyi und Gaunersberg ein Zeichen, mit ihm zu kommen.

An einer Ecke des Klosterhofes war ein kleiner Klosterladen mit angeschlossenem Café untergebracht. Die drei Männer beschlossen, einen Kaffee zu trinken und dabei die Sachlage zu besprechen. Da es gegen 10 Uhr ging, würden sie nun auch niemanden aus dem Konvent erreichen. Denn der Abt hatte für diese Zeit ja zu einer Besprechung der Lage in den Kapitelsaal gebeten. Auf dem Weg über den Klosterhof trafen sie auf Frater Ephraim, der es offenbar ziemlich eilig hatte.

»Wohin so schnell?«, fragte Pfarrer Urbanyi.

»Unser Herr Abt will mich heute dabeihaben. Das ist ganz was Neues«, keuchte Frater Ephraim. »Ich war gerade eine Runde mit dem Rad unterwegs, als ich die Nachricht auf dem Handy bekam. Normalerweise treffen sich nur die Mönche mit ewigem Gelübde. Aber heute soll ich auch dabei sein. Deshalb bin ich schnell zurückgefahren.«

»Dann wollen wir Sie nicht aufhalten«, sagte Urbanyi und hob die Hand zu einem wortlosen Gruß.

Im Café angekommen, bestellte sich Pfarrer Urbanyi einen Cappuccino, Gaunersberg und Mosbrucker jeweils einen großen schwarzen Kaffee. Die freundliche Kellnerin brachte das Gewünschte, und Gaunersberg nahm genüsslich einen tiefen Schluck. Urbanyi schaute ihn an und grinste:

»Na, wie schmeckt dir ein ›richtiger‹ Kaffee? Schon etwas anderes als die Klosterbrühe am Morgen, oder?«

Gaunersberg verdrehte die Augen.

»Ich habe keine Ahnung, woraus die den Frühstückskaffee machen. Ich habe die Köchin gefragt. Ihre Antwort war: ›Aber der ist doch mit Liebe gekocht.‹ Darauf habe ich ihr gesagt, dass man Kaffee besser mit Kaffeebohnen kochen sollte«, antwortete er.

Mosbrucker lachte auf und hüstelte. Fast hätte er sich bei den Worten seines ehemaligen Chefs am Kaffee verschluckt. Doch er fand schnell wieder seine Haltung und begann:

»Bis jetzt ist die Sache noch reichlich dünn.«

»Meinst du den Kaffee im Kloster?«, fragte Gaunersberg. Mosbrucker grinste und schüttelte den Kopf.

»Könnten wir jetzt über den Fall reden und nicht über die Morgenbrühe hinter Klostermauern?«, fragte er dann. »Eigentlich zwei Fälle, die aber offensichtlich miteinander zu tun haben.«

Urbanyi legte den Löffel zur Seite, mit dem er gerade den Cappuccino umgerührt hatte. Dann begann er:

»Wir haben einen Mönch, der beinahe vergiftet worden wäre, wenn die erste Beurteilung eures Gerichtsmediziners zutrifft. Dann haben wir einen weiteren Mönch, der offenbar ermordet und im Gartenhaus abgelegt wurde. Da ist ja – wenn ich die Aussagen von Dr. Weingartner richtig verstanden habe – auch Gift im Spiel gewesen.«

»Und dann haben wir einen Abt, der uns gegenüber nicht ganz ehrlich ist. Denn Frater Ephraim hat mir von einem Streit zwischen DDr. Dinhofer, also Frater Sigmund, und dem Abt berichtet«, ergänzte Gaunersberg.

Urbanyi und Mosbrucker sahen erstaunt auf.

»Das hast du uns bisher noch nicht erzählt«, sagte Mosbrucker mit vorwurfsvollem Unterton in der Stimme.

»Weil mir das erst beim Gespräch mit dem Abt klar geworden ist. Könnt ihr euch erinnern, wie er zu quietschen begann, als er sich aufgeregt hatte? Genau ein solches Quietschen hat Frater Ephraim im Streitgespräch mit DDr. Dinhofer wahrgenommen. So stark, dass er die Worte nicht mehr verstanden hat«, rechtfertigte sich Gaunersberg.

»Und wir haben zumindest zwei Mönche, die mit der Bestellung DDr. Dinhofers zum Dekan der Hochschule nicht einverstanden waren. Pater Siegfried und Pater Konrad. Wobei Pater Siegfried als Täter wohl ausscheidet, er ist ja selbst Opfer des Giftes geworden«, ergänzte nun Mosbrucker.

»Glaubt ihr, dass Pater Konrad zu solchen Taten fähig ist?«, fragte Urbanyi. »Er scheint mir ein eingefleischter Wissenschaftler zu sein. Er liebt seine Bücher und die Theologie.«

»Und? Das nimmt jeden Verdacht von ihm?«, fragte Mosbrucker.

»Das nicht. Aber ich würde ihm diese Taten eigentlich nicht zutrauen. Ist Gift nicht eher ein Mittel, das Frauen anwenden?«, entgegnete Urbanyi.

»Nur dass wir hier im Kloster einen rigorosen Mangel an Täterinnen haben«, scherzte Gaunersberg.

»Nicht ganz«, sagte Mosbrucker. »Immerhin gibt es die Gärtnerin, welche die Leiche gefunden hat. Wer sagt uns, dass ihr Schock nicht inszeniert war, um dir, Ludwig, glauben zu machen, sie hätte den Toten jetzt erst gefunden. Vielleicht ist sie die Täterin.« Und er begann, den Schlager Reinhard Meys zu summen: »Der Mörder ist immer der Gärtner   ...«

»Mit welchem Motiv?«, warf Gaunersberg ein und unterbrach damit den Kunsterguss seines Kollegen.

»Das müssen wir herausfinden. Auf jeden Fall sollten wir sie noch genauer befragen. Und das nicht nur als Zeugin. Wenn es sich wirklich um dieses E 605 handelt, dann hatte sie als Gärtnerin noch am leichtesten Zugang zu dem Zeug«, resümierte Mosbrucker.

»Ich glaube aber, dass sie nicht die Einzige ist, die Zugang zu dem Gartenhaus hat«, entgegnete Urbanyi.

»Das Schloss kann sicher mit dem Klausurschlüssel geöffnet werden. Die Klöster haben doch alle moderne Schlüsselsysteme.«

Schweigend nippten die drei Männer an ihren Kaffeetassen.

In diesem Augenblick öffnete sich die Türe zum Café und ein Mönch steckte den Kopf herein. Es war Pater Koloman, ein etwa 30-jähriger Mann mit dunkelbraunem Haar und einem ebenso dunklen Vollbart.

»Guten Morgen. Abt Bartholomäus hat gesagt, dass Sie mich sprechen wollen?«

»Genau, Pater Koloman. Sind Sie schon von Graz zurück?«, fragte Gaunersberg.

»Ich war auf halbem Weg, als ich die SMS vom Abt bekam. Da habe ich meine Schwester verständigt, dass ich nicht komme und bin zurückgefahren.«

Mosbrucker begann wieder mit seinen Routinefragen:

»Pater Koloman, wo waren Sie gestern so zwischen 17 und 20 Uhr?«

Der Angesprochene dachte kurz nach, dann begann er:

»Ich war am Nachmittag in Vorau, dort liegt derzeit ein Bekannter von mir im Marienspital. Den habe ich besucht. Kurz vor der Vesper bin ich dann ins Kloster gekommen. Und dann haben Sie mich ja schon gesehen.« Er blickte auf Gaunersberg, der bestätigend nickte.

»Können Sie mir sagen, wann genau Sie zurückgekommen sind?«, setzte Mosbrucker nach.

»Wie gesagt, kurz vor der Vesper. Es war sogar zu knapp, um noch die Kukulle überzuziehen.«

»Kuk... was bitte?«, fragte Mosbrucker.

»Die Kukulle, unser Chorgewand. Ich bin dann einfach im Habit in den Chor gegangen. Ich weiß, dass das unserem Abt nicht gefällt, aber mir war wichtiger, rechtzeitig zum Gebet zu erscheinen, als irgendeiner Kleidervorschrift zu folgen«, erklärte Pater Koloman.

»Wie war Ihr Verhältnis zu Pater Sigmund?«, fragte Mosbrucker und bemerkte, dass er offenbar eine falsche Anrede verwendet hatte, doch Pater Koloman sollte sofort darauf reagieren.

»Frater bitte. Er ist, also, er war nur Frater. Er war erst seit vorigem Jahr im Haus. Und keiner versteht, warum er so einen raketenhaften Aufstieg gemacht hat. Doppelter Doktortitel hin oder her, Ehrendomkapitular ebenso. Das alles sollte – wenn man die Regel unseres Ordensvaters, des heiligen Benedikt, beachtet – beim Klostereintritt überhaupt keine Rolle spielen. Da kann nicht so ein dahergelaufener Pfingstochse ...«, redete sich Pater Koloman in einen Wirbel und stoppte, als er bemerkte, wie seine Erregung immer stärker wurde.

»Entschuldigung, mir sind die Gäule durchgegangen«, sagte er nach einer kurzen Gedankenpause.

»Ich darf aus Ihren Worten schließen, dass Sie mit den Entscheidungen des Abtes nicht einverstanden waren?«, fragte Mosbrucker mit betont ruhiger Stimme nach. Pater Koloman hatte sich wieder im Griff und antwortete:

»So können Sie es ausdrücken. Ich empfinde es als ungerecht, wie mit Pater Siegfried umgegangen wurde. Er hätte es sich verdient, weiter als Dekan zu wirken. Er hat ein Herz für die Studenten. Ihm geht es nicht um Ruhm und Ehre, sondern um eine gute Ausbildung der ihm Anvertrauten. Und auch ich bin seit Jahren an der Hochschule tätig. Dieser Dinhofer hingegen ...«

Wieder stoppte er mitten im Satz, weil er merkte, wie er sich aufregte.

»Das heißt, dass sein Tod Ihnen durchaus gelegen kommt?«, fragte Mosbrucker etwas provokant.

Pater Koloman zuckte zusammen. Dann blickte er entrüstet die drei Männer an.

»So kann man das nicht sagen. Es ist tragisch, was passiert ist. Aber ich kann nicht verhehlen, dass ich keine großen Sympathien für Dinhofer hegte«, sagte Pater Koloman dann mit ruhiger Stimme, die aber erkennen ließ, dass er sich in diesem Augenblick sehr beherrschen musste.

»Ich muss jetzt aber zu der Besprechung mit dem Abt. Ich bin sowieso schon zu spät dran«, setzte Pater Koloman nach und blickte auf seine Armbanduhr. Die drei Männer dankten ihm, dann verließ der Mönch eilenden Schrittes das Café.

»Was haltet ihr davon?«, fragte Herbert Mosbrucker nun die anderen beiden.

»Dieser Dinhofer schien offenbar den meisten hier ein Dorn im Auge zu sein«, konstatierte Gaunersberg.

»Und wie«, bekräftigte Urbanyi. »Und das wundert mich auch nicht. Ich habe ihn während der Studienzeit kennengelernt. Ein Karrieremensch sondergleichen. Auch als er das Seminar in Wien geleitet hat, war er nicht sehr beliebt. Er hat die Seminaristen unterstützt, von denen er sich Vorteile für seine eigene Karriere erwartet hat. Man könnte fast sagen, er hat sein Fortkommen auf dem Rücken der Seminaristen aufgebaut. Und das setzt sich jetzt fort. Hier im Kloster.«

»Warum lassen sich die anderen das gefallen?«, fragte Mosbrucker.

»Nun, es gibt eine Ordensregel«, antwortete Urbanyi. »Und da hat der Abt große Autorität.«

»Aber doch wohl keine uneingeschränkte, oder?«, fragte Gaunersberg.

»Nein. Er muss bei fast allen Entscheidungen seinen Konvent befragen«, erklärte Urbanyi. »Es stellt sich aber die Frage, ob sich die anderen zu widersprechen trauen oder um des lieben Friedens willen bei den Entscheidungen zustimmen.«

»So geschehen bei der Aufnahme von Dinhofer?«, setzte Gaunersberg nach.

»Dazu kenne ich die Interna zu wenig«, gab Urbanyi zu. »Aber nach dem, was mir Pater Siegfried vor Kurzem erzählt hat, ja.«

11. Eine kleine Wendung

Die drei Männer saßen noch länger im Café beisammen, nach dem Kaffee hatten sie noch jeder ein kleines Bier bestellt. Das Gespräch wanderte vom Fall auch zu anderen, privaten Dingen. Gaunersberg erzählte von der Renovierung seiner Wohnung und von seiner Frau Heidi, die wegen der Putzarbeiten »unter Strom« stand. Urbanyi teilte einige Geschichten aus seiner Indienreise mit, und Mosbrucker berichtete über zwei Fälle, die ihn derzeit in Wien sehr beschäftigten. Plötzlich schwang die Türe auf, und Adi Ostermann, Urbanyis Mesner in Wimpassing, kam schwungvoll herein.

»Ja, wo findet man die Herren Kommissare und den Herrn Pfarrer? Beim Bier!«, spottete er. Urbanyi blickte ihn erstaunt an:

»Adi? Was führt dich hierher? Wie hast du mich gefunden?«

»Erstens: Mich führt eine Frage hierher. Der Elektriker hat mir drei Lampenvarianten gezeigt, hier sind die Fotos davon. Das will ich jetzt doch nicht allein entscheiden«, antwortete Ostermann und legte Urbanyi einen Katalog der Elektrofirma auf den Tisch, in den er drei Lesezeichen eingelegt hatte. »Und zweitens: Ich habe dich gefunden, weil ich von einem Mönch beim Suchen im Klosterhof getroffen wurde. Er wusste, dass du mit den Herren im Café sitzt.«

Urbanyi blätterte den Katalog durch und zeigte dann schnell auf die zweite Variante. Eigentlich war es ihm ziemlich egal. Die Lampen schauten alle etwa gleich aus.

»Die hier gefällt mir am besten«, sagte er und drehte sich zu Adi um.

»Genau! Die hätten wir auch genommen«, bestätigte Adi. »Habt ihr vielleicht noch einen Platz für einen durstigen Wanderer?«

Urbanyi rückte zur Seite, Ostermann nahm sich einen Stuhl vom Nebentisch, setzte sich und winkte der Kellnerin, sie solle ihm ebenso ein Bier bringen.

»Wie geht's mit euren Ermittlungen?«, fragte Adi, nachdem er einen ersten Schluck des Gerstensaftes getrunken hatte.

»Wir sind ganz am Anfang«, beteuerte Gaunersberg. »Irgendwie passt das alles nicht zusammen. Da liegt ein Toter, offenbar vergiftet, im Gartenhaus. Dann finden wir kurz danach einen ohnmächtigen Mönch, der ähnliche Vergiftungserscheinungen zeigt. Und der Kreis jener, denen der Tote ein Dorn im Auge war, scheint immer größer zu werden.«

Adi Ostermann zwirbelte die Enden seines Schnurrbarts. Dann sagte er:

»Aber unseren Pfarrer müsst ihr bitte ab morgen entbehren. Am Sonntag ist Erntedankfest. Da brauchen wir ihn. Das kann nicht die Vertretung, unser Kiplimo, machen. Er ist zwar sehr nett, aber die Pfarrleute erwarten sich da schon den Pfarrer.«

Urbanyi nickte zustimmend. Einerseits hätte er gerne hier im Kloster weiter recherchiert, andererseits hatte er schon ein wenig ein schlechtes Gewissen, da ihm der Erzbischof ja dezidiert untersagt hatte, wieder kriminalistisch tätig zu werden.

»Adi, ich bleibe noch bis morgen da. Einverstanden?«, probierte sich Urbanyi mit einem Kompromissangebot. Ostermann nickte.

»Wenn deine Sekretärin nichts dagegen hat«, antwortete er dann.

»Ich glaube, ihr ist es ganz recht, wenn sie einmal ein paar Tage in Ruhe im Büro alles aufarbeiten kann und nicht von mir gestört wird«, mutmaßte Urbanyi, worauf Adi den Kopf senkte, um sein breites Grinsen zu verbergen. Mosbrucker hatte gerade einen Schluck Bier genommen und verschluckte sich so stark, dass ein intensiver Hustenanfall folgte. Und Gaunersberg schüttelte grinsend den Kopf.

Es gibt ja das Sprichwort, dass Frauen tratschen und Männer diskutieren. Doch diese »Diskussionen« können sich auch in die Länge ziehen. Bald war es 11 Uhr geworden. Plötzlich kam die Kellnerin mit einem Schnurlostelefon in der Hand.

»Da ist ein Dr. Weingartner am Apparat, der verlangt einen Herrn Mosbrucker. Sind das Sie?«, fragte sie Gaunersberg. Dieser schüttelte den Kopf und zeigte wortlos auf Herbert Mosbrucker. Der Kriminalhauptkommissar nahm das Telefon und meldete sich. Er hörte kurz zu, bevor er sagte:

»Das muss ich mir rot im Kalender vermerken. Dass Sie einen Fehler zugeben, Herr Doktor!«

Die anderen blickten gespannt auf Mosbrucker, der lachend die rote Taste auf dem Apparat drückte und ihn der Kellnerin zurückgab, die immer noch in der Nähe ihres Tisches stand.

»Ihr werdet es nicht glauben«, begann Mosbrucker etwas geheimnisvoll. »Die ... äh ... Vergiftung bei Pater Siegfried hat sich aufgeklärt!«

»Wie das?«, fragte Gaunersberg erstaunt.

»Liegt er in der Intensivstation?«, setzte Urbanyi nach.

»Nein, er wird gerade wieder zum Kloster zurückgebracht«, entgegnete Mosbrucker. »Im Spital haben sie nochmals seinen Blutdruck gemessen, der radikal zu niedrig war. Sie haben ihm ein kreislaufstärkendes Mittel gegeben. Dann war er gleich wieder auf der Höhe. Und konnte sich auch an alles wieder erinnern.«

»Und das wäre?«, insistierte Gaunersberg ein wenig ungeduldig.

»Ihm ist eingefallen, dass er gestern nach der Vesper versehentlich die Blutdrucktabletten von heute Morgen geschluckt hat. Er hat gedankenversunken die Morgentabletten statt der Abendtabletten genommen. Und damit hatte er die doppelte Dosis blutdrucksenkender Mittel intus. Das hat zu einem Kreislaufkollaps geführt. Ganz einfach. Kein Gift. Einfach ein zerstreuter Professor«, erklärte Mosbrucker.

»Aber der intensive Knoblauchgeruch?«, fragte Urbanyi. »Das war doch ein Indiz für dieses E 605?«

»Tja, der Knoblauchgeruch kam daher, dass er gestern Abend ...« – Mosbrucker ließ durch eine kurze Pause die Spannung steigen – »dass er gestern Abend Knoblauch gegessen hat. Und das ziemlich reichlich!«

»Also haben wir es mit nur einem Fall zu tun. Und Pater Siegfried könnten wir wieder in den Kreis der Verdächtigen einreihen«, kombinierte Gaunersberg.

»Ich kenne Pater Siegfried seit 30 Jahren. So etwas traue ich ihm nicht zu«, verteidigte ihn Urbanyi.

»Aber ausschließen kann man es bei keinem Menschen«, beharrte Gaunersberg. »Obwohl er sicher nicht zu meinen Favoriten unter den Verdächtigen zählt.«

Adi Ostermann hatte dem Gespräch bisher schweigend zugehört. Als ein kurzes Schweigen eintrat, fragte er:

»Habt ihr E 605 gesagt? Das ist doch schon lange verboten.«

»Stimmt. Aber laut unserem Dr. Weingartner lagern immer noch Reste in diversen Gartenhäusern«, erklärte Mosbrucker.

»Dann könnte es auch hier im Kloster noch Vorräte geben?«, fragte Ostermann.

»Worauf willst du hinaus, Adi?«, fragte nun Urbanyi, der das Ziel der Fragen seines Mesners noch nicht verstanden hatte.

»Nun, ich bin beim Hereingehen der Gärtnerin begegnet. Ich könnte sie ja um ein Insektengift für unseren Pfarrgarten bitten. Dann finden wir leicht heraus, ob sie dieses böse E 605 noch hat. Und wenn ich fragte, ist das nicht so auffällig, wie wenn ihr das offiziell macht.«

Gaunersberg nickte zustimmend.

»Adi, du willst uns also bei den Ermittlungen helfen?«, fragte Urbanyi.

»Wäre doch nicht das erste Mal. Denk dran, wie du damals entführt wurdest«, antwortete Ostermann. »Ich mache mich auf den Weg und suche die Gärtnerin. Und dann fahre ich zurück in die Pfarre. Irgendwer muss dort ja die Verantwortung übernehmen.« Bei den letzten Worten schaute er mit einem strengen Blick auf Pfarrer Urbanyi, der aber so tat, als habe der Seitenhieb nicht ihm gegolten.

Ostermann stand auf und verabschiedete sich von den drei Männern. Er wollte der Kellnerin das Geld für das Bier geben, doch Gaunersberg rief, dass er selbstverständlich eingeladen sei. Mit zwei Fingern an der Schläfe dankte Adi und verließ das Café.

12. Obduktion

Als Gerichtsmediziner Dr. Hubert Weingartner in seinem Institut in der Sensengasse im 9. Wiener Gemeindebezirk angekommen war, hatte sein Assistent die Leiche des DDr. Dinhofer bereits auf den Stahltisch gelegt. Weingartner begann sofort mit der Obduktion, weil ihn selbst brennend interessierte, ob er hier den richtigen »Riecher« gehabt hatte. Es war ihm höchst peinlich, dass er bei Pater Siegfried Parathion diagnostiziert hatte, es sich dann aber als simpler Kreislaufkollaps herausstellte. Es war ja auch verhängnisvoll, dass der Pater am Vorabend ausgiebig Knoblauch gegessen hatte und auch am nächsten Tag noch intensiv danach roch. Gut, wegen seiner Ohnmacht hatte er keine Gelegenheit zur Mundhygiene. Ein Glück, dass Pfarrer Urbanyi ihn gefunden hat, dachte Weingartner. Auch ein hypotoner Kollaps, also ein Blutdruckabfall ins Bodenlose, könnte letztlich letale Wirkung haben.

Weingartner begann mit der üblichen Routine-Untersuchung, die wir dem geneigten Leser mit Rücksicht auf seine Magennerven hier nicht weiter ausführen wollen. Was er neben dem intensiven Knoblauchgeruch hier feststellen konnte, waren einige postmortale Schürfwunden. Der Leichnam wurde also bewegt. Eigentlich war ihm dies von Anfang an klar gewesen. Betrachtete Weingartner die Fotos vom Auffindungsort und die verrenkte Stellung des Leichnams, war evident, dass DDr. Dinhofer auch unter Waffengewalt nicht selbst in den Laubsack gekrochen sein konnte, um dann das Gift eingeflößt zu bekommen. Und dass es Gift war, darin bestand beim beobachteten Zustand des Toten kein Zweifel.

Da außer den Abschürfungen keine weiteren Verletzungen festzustellen waren, schloss Dr. Weingartner, dass man wohl kaum Blut des Toten am Ort der Tötung finden würde. Fingerabdrücke oder DNA-Spuren wären allerdings möglich.

Hubert Weingartner griff nach einer Stunde zum Telefon und wählte die Nummer von Herbert Mosbrucker. Doch es meldete sich nur die Mailbox. Deshalb tippte er – was er gar nicht gerne tat – seinen gerichtsmedizinischen Befund als WhatsApp ein:

»Obduktion von Franz Dinhofer, geboren 13. April 1965. Todesursache: Vergiftung durch Parathion, abnorm kräftige und übermäßig starke Ausbildung der Totenflecke sowie Streckkrampfstellung der Füße bei gleichzeitig bestehender extremer Starre der Wadenmuskulatur. Weiters starke Ausweitung der Blutgefäße, dadurch Schleimhautrötung und -schwellung in den Schlundwegen, an Magen und Dünndarm sowie hochgradige Blutfülle der inneren Organe. Starkes

Lungenödem diagnostizierbar. Leichte Schürfwunden an äußeren Extremitäten, post mortem zugefügt. Daher ist auf Verschiedenheit von Tatort und Fundort zu schließen. Sonst keine Anzeichen extensiver Gewaltanwendung. Keine Verteidigungsspuren, keine Fremd-DNA unter Fingernägeln oder an der Kleidung.«

Weingartner wollte schon auf den Sende-Button drücken. Doch dann dachte er daran, wie er immer wieder dazu aufgefordert wurde, die für die Kriminalisten relevanten Dinge kurz und prägnant zu formulieren. Deshalb löschte er den Text bis auf Name und Geburtsdatum wieder weg und ergänzte:

»Eindeutig mit E 605 vergiftet. Fundort nicht gleich Tatort, keine Fremd-DNA an Körper oder Kleidung. Todeszeitpunkt, wie zuvor erwähnt, gestern zwischen 17 und 20 Uhr. Gruß. Weingartner.«

Er winkte seinem Assistenten zu, der den Leichnam in den Kühlraum verfrachtete und den Untersuchungstisch zu reinigen begann.

»Ich bin dann wieder im Urlaub!«, rief Weingartner über die Schulter dem Assistenten zu, der zum Gruß die Hand samt einem blutigen Lappen, mit dem er gerade den Tisch säuberte, erhob. »Es ist nicht notwendig, dass ich nochmals gestört werde«, setzte er noch ärgerlich nach und wusste genau, dass im Falle des Falles ohnehin wieder sein Mobiltelefon läuten würde. Seine Frau war es schon gewohnt, immer wieder einige Urlaubstage allein zu verbringen.

13. Wo ist der Tatort?

Gaunersberg, Mosbrucker und Urbanyi saßen noch beisammen, als plötzlich das Mobiltelefon Mosbruckers einen Piepton von sich gab. Er zog es aus der Innentasche seiner Lederjacke und blickte darauf. Das Display zeigte einen entgangenen Anruf von Dr. Weingartner und eine WhatsApp-Nachricht. Mosbrucker las sie den anderen beiden vor.

»Das heißt, wir müssen nach einem möglichen Tatort suchen«, resümierte Gaunersberg.

»In dem weiten Areal des Klosters? Viel Vergnügen!«, ergänzte Urbanyi.

»Hat der Erkennungsdienst irgendetwas Besonderes an der Leiche oder Kleidung gefunden?«, fragte Gaunersberg.

Mosbrucker wählte die Nummer von Maria Weinwurm und fragte, als sie sich meldete:

»Habt ihr schon was für uns?« Dann hörte er eine Weile gespannt zu. Nachdem er das Gespräch beendet hatte, fragte er in die Runde:

»Wisst ihr etwas von einem Kellergewölbe?«

»Warum?«, wollte Gaunersberg wissen.

»Weil Weinwurm an der Kleidung des Toten Erdreste mit Moder isolieren konnte, wie man sie in Kellern vorfindet. Außerdem Kalksteinsinter, wie er ebenfalls in Kellergewölben bei erhöhter Feuchtigkeit an den Wänden entsteht.«

»EIN Keller?«, fragte Urbanyi. »Wenn ich mich richtig erinnere, hat mir Pater Siegfried vor Jahren einmal fünf verschiedene Kellerräumlichkeiten gezeigt. Einer davon war der ehemalige Klostercarcer.«

»Der WAS bitte?«, fragte Mosbrucker, der an diesem heutigen Tag mit den zahlreichen kirchlichen Fachbegriffen reichlich überfordert war.

»Die Gefängniszelle, in die ungehorsame Mönche oder solche, die sich etwas zuschulden kommen ließen, gesteckt wurden«, erklärte Urbanyi.

»So etwas gibt es wirklich?«, wunderte sich Mosbrucker. Urbanyi nickte.

»Und? Wird der heute noch verwendet?«, fragte Mosbrucker nach, und ein leicht hämisches Grinsen umspielte seine Lippen.

»Du hast vielleicht Vorstellungen von der Kirche«, ätzte Urbanyi. »DIE Zeiten sind vorbei!«

»Das will ich hoffen«, ergänzte Gaunersberg. »In eine Kirche, die ihre eigenen Leute einsperrt, wäre ich ja wohl nicht eingetreten.«

»Aha, die eigenen Leute nicht, aber andere schon?«, nahm Mosbrucker den Fehdehandschuh auf.

»Friede, Friede«, beschwichtigte Urbanyi und unterstrich seinen Aufruf mit einer beruhigenden Handbewegung. »Gehen wir lieber auf die Suche nach den Kellergewölben.«

Während Pfarrer Josef Urbanyi und Ludwig Gaunersberg im Stiftshof beim Brunnen warteten, ging Mosbrucker nochmals zu Abt Käsmann, um ihn über die Kellergewölbe zu befragen und gegebenenfalls einen Schlüssel für die Räumlichkeiten zu bekommen. Doch als er in den Kreuzgang eintrat, kamen ihm die Mönche gerade in ihrem Chorgewand mit übergezogenen Kapuzen entgegen und rezitierten ein lateinisches Gebet im Wechselgesang. Mosbrucker drückte sich an die Wand, um den feierlichen Zug nicht zu behindern. Als der Abt, der als Letzter an ihm vorüberschritt, auf seiner Höhe war, versuchte Mosbrucker durch leises Räuspern die Aufmerksamkeit auf sich zu lenken. Der Abt zog ein wenig seine Kapuze nach hinten und warf einen kurzen Seitenblick zu Mosbrucker, dann fasste er ihn – ohne den lateinischen Gesang zu unterbrechen – an der Hand und reihte ihn in den Zug ein. Mosbrucker musste wohl oder übel mit den Mönchen mitgehen, wohin auch immer, er hatte keinen blassen Schimmer.

Der Zug bog um die Ecke des Kreuzganges. Dort war eine breite und hohe Türe in die karge Steinmauer eingelassen, die nun lautlos aufschwang. Dahinter verbarg sich ein großer Raum, den Mosbrucker sofort als Speisesaal identifizierte. Wie hatte ihn Urbanyi doch schnell genannt? »Rektorium?«, nein länger, irgendetwas mit einem »f« in der Mitte. »Refraktorium« oder so ähnlich. Na egal. Er war jetzt drin. Nachdem die Mönche ein Tischgebet gesprochen hatten, wies ihm der Abt den Platz neben sich an, schlug die kleine Glocke und verkündete mit pathetischem Klang in der Stimme:

»Wir haben heute eine hohe Persönlichkeit zu Gast. Manche haben ihn ja schon kennengelernt. Es ist Kriminalhauptkommissar Mosgruber aus Wien. Herzlich willkommen!«

Die übrigen Mönche applaudierten, und Mosbrucker vermied es, den Abt bezüglich seines Namens zu korrigieren. Machte er das absichtlich oder konnte er sich Namen wirklich nicht merken?

»Ich freue mich, dass Sie sich für unser Klosterleben interessieren«, begann Abt Bartholomäus die Konversation. »Wir waren zuerst zum Mittagsgebet in der Kirche, das haben Sie ja leider versäumt.«

Mosbrucker spürte den leicht vorwurfsvollen Klang in der äbtlichen Stimme.

»Eigentlich wollte ich ...«, begann Mosbrucker, hielt aber dann inne, als ein Mönch begann, eine Tischlesung vorzutragen. Offenbar war es ein Abschnitt aus einer Heiligenbiografie. Mosbrucker hatte den Namen des Heiligen, um den es ging, nicht verstanden. Und da die Mönche offenbar schon einige Tage aus diesem Buch hörten, war die Textstelle für ihn völlig aus dem Zusammenhang gerissen. Schweigend hörte er zu und löffelte die Suppe, die ihm in diesem Augenblick von Frater Ephraim in den Teller geschöpft wurde. Nachdem der Hauptgang aufgetragen war, schlug Abt Bartholomäus wieder seine kleine Glocke, und die Mönche begannen, miteinander zu plaudern. Der Speisesaal hatte sicher um die 50 Plätze, schätzte Mosbrucker. Das kleine Häufchen, bestehend aus Abt, drei Patres und ihm, machte einen verlorenen Eindruck in diesem großen, barocken Gemäuer.

»Was wollten Sie vorher zu mir sagen?«, riss der Abt den Kriminalbeamten aus seinen Gedanken.

»Ich wollte Sie fragen, wie viele Keller das Kloster hat. Wir müssten diese nämlich genauer ansehen.«

»Oh, das ist eine langwierige Aufgabe«, antwortete Abt Bartholomäus. »Da gibt es einmal den großen Weinkeller, dann den Kartoffelkeller, dann den Kohlenkeller, dann noch zwei kleinere Kellerräume, die wir nicht nutzen.«

»Und den Klostercarcer?«, fragte Mosbrucker und war stolz, sich dieses lateinische Wort gemerkt zu haben.

»Ach ja, den auch«, setzte Abt Bartholomäus nach. »Aber der ist ja schon seit Jahrhunderten ohne Funktion, auch wenn es heute vielleicht manchmal nötig wäre, jemanden auf diese Weise zur Ordnung zurückzubringen«, scherzte er.

»Sind die Räume frei begehbar oder benötigt man Schlüssel?«, setzte Mosbrucker nach. »Wenn ja, dann ersuche ich Sie, mir die Schlüssel auszuhändigen. Wir müssen davon ausgehen, dass einer der Kellerräume der Tatort für die Ermordung von DDr. Dinhofer ist.«

Der Abt legte sein Besteck weg, wischte sich mit der Stoffserviette über den Mund und sagte:

»Ist es also wirklich Mord gewesen?«

»Wir müssen davon ausgehen. DDr. Dinhofer wurde vergiftet. Vermutlich in einem der Kellerräume. Und danach wurde der Leichnam in das Gartenhaus gebracht.«

Abt Bartholomäus legte beide Hände aufs Gesicht und rieb sich nach einigen Sekunden die Augen.

»Sie können die Schlüssel haben, gleich nach dem Mittagessen. Ich werde Frater Ephraim bitten, sie Ihnen auszuhändigen. Er weiß, wo sie in der Pforte hängen«, sagte er dann.

Nach dem Mittagessen begleitete Mosbrucker Frater Ephraim Richtung Pforte. Auf dem Weg über den Klosterhof traf er auf Gaunersberg und Urbanyi, die auf der Bank neben dem Brunnen saßen.

»Wir haben geglaubt, wir müssen dich jetzt auch noch suchen«, rief Gaunersberg.

»Ich wurde vom Abt zum Essen eingeladen. Deshalb hat es länger gedauert«, erklärte Mosbrucker.

»Und uns knurrt der Magen«, blaffte Urbanyi, der offenbar auch ganz gern die Spezialitäten der Klosterküche gekostet hätte. Denn diese hatte einen außergewöhnlich guten Ruf. Den Morgenkaffee explizit ausgenommen.

Mosbrucker verschwand mit Frater Ephraim in dem kleinen Pförtnerzimmer und kehrte einige Minuten später wieder zurück.

»Frater Ephraim hätte sich angeboten, uns die Kellerräume zu zeigen. Ich habe das aber abgelehnt, um nicht die Spuren zu kontaminieren«, sagte er, als er zu Gaunersberg und Urbanyi zurückkam. »Aber er hat mir genau die Lage der Räume erklärt. Ich habe mir das wichtigste kurz im Handy aufgezeichnet.« Er zog sein Mobiltelefon aus der Tasche und wischte über den Bildschirm. Es erschien ein schnell hingekritzelter Lageplan mit sechs Kreuzen, die auf die Eingänge zu den unterirdischen Räumen verwiesen.

Die drei Männer beschlossen, mit dem Weinkeller zu beginnen. Es war doch naheliegend, dass der Mord in einem Raum begangen wurde, wo sich ein Mönch mitunter auch freiwillig aufgehalten hätte. Die schwere Holztüre quietschte beim Öffnen. Der Lichtschalter stammte noch aus der Zeit, wo man einen kleinen Griff bis zum Anschlag drehen musste, um den Stromkreis zu schließen. Dann begannen drei altertümliche Glühbirnen zu leuchten.

»Das sind aber bessere Grablaternen«, ätzte Gaunersberg, denn das fahle Licht ließ kaum ein genaueres Betrachten des Raumes zu. Der Name »Weinkeller« war auch irreführend, denn außer einem kaputten Fass und einigen zerschlagenen Flaschen deutete nichts mehr auf die ehemalige Verwendung hin. Die hölzerne Weinpresse, die einst in diesem Raum stand, war jetzt ja auf der Wiese vor dem Kloster als Museumsstück drapiert, einige Weinfässer dienten als Blumentöpfe für größere Pflanzen, die unter den Arkaden des Klosterhofes ihren Platz gefunden hatten. Mosbrucker schaltete die Taschenlampe seines Handys ein und leuchtete den Raum aus. Nichts deutete darauf hin, dass hier ein lebloser Körper gelegen hatte oder über den Boden geschleift wurde. So verließen die drei Männer den »Weinkeller« unverrichteter Dinge.

Als Nächstes inspizierten sie den Kohlenkeller. Dieser entsprach wohl mehr seinem Namen. Einige hundert Kilo Steinkohle wurden hier gelagert. Wieder schaltete Mosbrucker seine Taschenlampe ein und rief ein lautes »Da!« aus. Auf dem unebenen Boden des Kellers waren typische Schleifspuren erkennbar. Sie führten vom Rand des Kohlenhaufens direkt bis zur Eingangstüre. Auch auf den Steinplatten und den Stufen, die zum Kohlenkeller führten, waren noch leichte Schleifspuren zu erkennen, weil sich die Erde des Kellerbodens hier von dem, was geschleift wurde, auf die Stufen übertragen hatte.

»Treffer!«, rief Gaunersberg. »Kommt die Weinwurm eigentlich zurück?«

»Ich hab sie schon vorher alarmiert. Sie müsste in der nächsten Stunde da sein«, antwortete Mosbrucker.

»Dann sollten wir das Areal hier großräumig absperren«, konstatierte Urbanyi. Doch leider hatte niemand der Kriminalbeamten ein Absperrband zur Hand. Es blieb den dreien nichts anderes übrig, als am oberen Ende der Stiege Wache zu halten, damit niemand den Weg in den Keller fand.

Die nächste halbe Stunde schien eine Ewigkeit lang zu dauern. Endlich hörten sie ein lautes »Hallo?« und erkannten die Stimme der Erkennungsdienstlerin Maria Weinwurm.

»Hierher!«, rief Mosbrucker, doch Urbanyi ging der Stimme nach und fand die Frau in einem Seitengang. Er führte sie zur Stiege. Sofort begann sie mit der Sicherung der Spuren. Nach kurzer Zeit blickte sie die drei Männer an.

»Hier wurde sicher keine Leiche transportiert. Die Spurenlage gibt das nicht her«, sagte sie und packte ihren Koffer zusammen.

»Aber da sind doch Schleifspuren«, entgegnete Urbanyi.

»Das schon, Herr Pfarrer. Denn da hat man Kohlensäcke raufgeschleift. Das sind eindeutige Spuren, wie Säcke auf dem Boden nachgeschleift und dann über die Stiegen gezogen wurden. Aber bezüglich Ihres Toten: Fehlanzeige«, antwortete Weinwurm. »Haben Sie nicht noch etwas anderes anzubieten?«

»Ich glaube, es ist besser, Sie gehen gleich mit uns«, mutmaßte Gaunersberg.

»Das meine ich auch«, bestätigte Maria Weinwurm. »Na, dann los, meine Herren. Wo soll es hingehen?«

Das Vierergespann suchte nun den Eingang zu den beiden kleinen Kellerräumen, die laut Auskunft des Abtes ungenutzt waren. Sie lagen am Fuße einer Treppe, die parallel zu jener zum Kohlenkeller verlief. Beide Kellertüren lagen einander gegenüber. Doch auch in diesen beiden Räumen gab es keinerlei Hinweise, die zum

Fall gepasst hätten. Danach wurde vom Dreiergespann der Kartoffelkeller in Augenschein genommen. Er wurde wirklich noch seinem Namen gemäß verwendet. Es standen zahlreiche Jute-Säcke mit Erdäpfeln an den Wänden, und in der Mitte war ein etwa 1 m großer Haufen der Feldfrüchte aufgeschichtet. Mosbrucker hatte wieder seine Leuchte am Handy aktiviert und ließ den Lichtkegel über die Wände und den Boden streichen. Um nicht im Wege zu stehen, trat Urbanyi einen Schritt nach hinten, löste damit aber eine verhängnisvolle Kettenreaktion aus. Denn ein einsamer Erdapfel lag boshafterweise genau hinter ihm, und der Pfarrer trat mit dem linken Fuß darauf. Dies hatte zur Folge, dass die fast kugelrunde Frucht unter seiner linken Schuhsohle zu rollen begann, Josef Urbanyi taumelte und danach der Länge nach hinfiel. Im letzten Moment konnte er sich mit den Armen abstützen, um nicht auch noch mit dem Gesicht auf dem Boden aufzuschlagen. Gaunersberg sprang vor Schreck einen Schritt zur Seite, stieß dabei aber an einen der an die Wand angelehnten Kartoffelsäcke, welcher umfiel und eine Lawine der braunen Früchte vom Haufen in der Mitte ins Rollen brachte. Der ganze Boden war nun mit Erdäpfeln bedeckt, mit Ausnahme jenes nicht allzu kleinen Bereiches, wo Urbanyi noch immer lag. Mosbrucker verdrehte die Augen.

»Na wunderbar. Das zum Thema ›Tatort kontaminieren‹! Meine Herren, Gratulation, eine Meisterleistung!«, ätzte er mit säuerlicher Miene, die aber im Dunkel des Kellers den anderen beiden verborgen blieb. Gaunersberg kickste, weil er das Lachen zurückhalten wollte und versuchte, Urbanyi aufzuhelfen, der aber beim Versuch, auf die Beine zu kommen, noch zweimal auf eine runde Kartoffel trat und wieder ausrutschte. Endlich hatte er sich aufgerappelt und notdürftig vom Staub des Kellerbodens befreit. Dann murmelte er ein leises »Entschuldigung!«, während Gaunersberg schallend zu lachen begann. Er konnte sich bei der Komik dieser Szene einfach nicht mehr zurückhalten.

»Josef, du solltest wirklich im Zirkus auftreten. Eine Clown-Nummer mit dir würde die Kassen füllen!«, rief er mit erstickter Stimme, während ihm Tränen vor Lachen über die Wangen kullerten. Nun musste auch Mosbrucker einstimmen, weil die Situation einfach zu ulkig war. Urbanyi vergaß angesichts des Frohsinns seiner Freunde kurz auf die schmerzenden Knie und stimmte in das allgemeine Gelächter ein.

»Na, die Herren haben es hier ja sehr lustig«, hörten die drei plötzlich die Stimme von Maria Weinwurm, die ihren Kopf bei der Kellertüre hereinstreckte. »Haben Sie etwas Zweckdienliches gefunden?«

»Ja, einen gefallenen Priester!«, prustete Gaunersberg, spürte aber einen tadelnden Blick seines Freundes Josef im Rücken.

»Nachdem meine … äh … Kollegen hier für Chaos gesorgt haben, erübrigt sich eine erkennungsdienstliche Untersuchung«, sagte Mosbrucker streng und verließ den Raum, um mit Maria Weinwurm den nächsten zu untersuchen.

Nun blieb nur noch der Klostercarcer übrig. In seiner ursprünglichen Widmung war er schon lange außer Funktion gewesen, deshalb wurde er offenbar als Lagerraum verwendet. Eine Pritsche, die früher als Liegestatt der zu bestrafenden Mönche gedient hatte, war noch vorhanden, auf dem Bordbrett gegenüber standen einige rostige Dosen, dazwischen eine Coca-Cola-Flasche aus Glas. Sie schien noch halb voll zu sein.

Als die drei Männer in den Raum eintreten wollten, rief Maria Weinwurm laut »Stopp!«. Alle drei erstarrten in der Bewegung.

»Bevor Sie da auch wieder alles kontaminieren, lassen Sie mich bitte vorher rein!«, befahl Weinwurm mit einem Klang in der Stimme, der keinen Widerspruch zuließ. Die drei Männer drückten sich an die Wand, um der Chefin des Erkennungsdienstes den Vortritt zu lassen. Schnell war Maria Weinwurm klar, dass hier vor kurzer Zeit jemand auf der Pritsche gelegen haben musste. Die dicke Staubschicht war von zahlreichen Spuren durchzogen, in der Mitte war eine breite Spur völlig leer gewischt.

»Hier lag jemand vor Kurzem«, konstatierte Weinwurm. Dann leuchtete sie auf den Fußboden, wo man eindeutige Schleifspuren erkennen konnte.

»Das könnte hier von den Fersen des Opfers stammen«, erklärte sie und begann, die Einzelheiten des Raumes zu fotografieren.

»Die Dosen und die Cola-Flasche nehme ich für die Analyse ins Labor mit«, schloss sie ab und ging daran, alle Gegenstände des Raumes in einzelne Asservatenbeutel zu packen. Des Weiteren nahm sie mittels Rußpulver und Klebestreifen einige Fingerabdrücke von der Pritsche ab.

»Für ein Bedampfen mit Cyanacrylat sind die rauen Oberflächen hier nicht geeignet«, erklärte sie, als Urbanyi interessiert zusah, was sie gerade tat. »Deshalb bediene ich mich der guten, alten Methode.

»Und woher wissen Sie, dass gerade hier ein Fingerabdruck ist?«, fragte der Pfarrer.

»Schauen Sie. Sehen Sie hier, wie der Staub von der Oberfläche der Holzplatte buchstäblich weggeschoben wurde. Da hat jemand hingegriffen. Das heißt, in dieser Mulde, wo kein Staub liegt, ist ein Fingerabdruck zu vermuten. Und hier ist er schon«, sagte Weinwurm triumphierend und hielt Urbanyi das Klebeband mit den klar sich abzeichnenden Linien des Abdrucks unter die Nase. Dann öffnete sie ihren Laptop, an dem ein kleiner Scanner angebracht war, auf den sie das Klebeband legte.

»Treffer!«, rief sie nach wenigen Sekunden. »Der Fingerabdruck gehört dem verstorbenen Franz Dinhofer. Damit wäre der Beweis erbracht, wo der Tatort liegt.«

»Dann müssen wir nur noch herausfinden, ob es hier auch E 605 gibt und wer es ihm eingeflößt hat«, sagte Mosbrucker und wusste, dass noch eine Menge Arbeit vor ihm lag.

14. Auf frischer Tat ...

Die Suche nach dem Tatort hatte doch mehr Zeit in Anspruch genommen als geplant. Urbanyi, Gaunersberg und Mosbrucker traten in den Klosterhof, als die Sonne bereits ziemlich tief über den Dächern des Bauwerks stand.

»Ich möchte gerne die Mönche weiter befragen. Schließlich haben wir jetzt einmal den Tatort, wir wissen, dass Dinhofer vergiftet wurde und ...«, begann Mosbrucker, als ihm Urbanyi das Wort abschnitt:

»... und dass es keinen zweiten Kriminalfall gibt, sondern einen bedauerlichen Irrtum von Pater Siegfried Molnar, der zu einem Kollaps geführt hat. Der Arme hat dann mehr als 12 Stunden in der Bibliothek gelegen. Gut, dass ich ihn gefunden habe. Andererseits wäre Pater Sebastian beim Reinigen auch bald in die Bibliothek gekommen.«

»Ist Molnar also unter die Verdächtigen zu rechnen?«, fragte Mosbrucker. »Wie gut kennst du ihn?«

»Wir waren Studienkollegen. Und über die Jahre haben wir uns sporadisch getroffen. Eine lockere, eine sehr lockere Freundschaft, würde ich das nennen. Eigentlich traue ich ihm eine solche Tat nicht zu. Aber wer kann schon ins Herz eines anderen Menschen schauen? ›Überaus trügerisch ist das Herz und bösartig; wer kann es ergründen?‹, steht schon bei Jeremia«, sagte Urbanyi und merkte, dass er mit dem Bibelzitat doch etwas pathetisch geklungen hatte.

»Du belastest also deinen Freund«, spitzte Mosbrucker zu.

»Nein, das tue ich nicht. Er ist ein großartiger Wissenschaftler, er lebt für die Theologie. Er ist ein zerstreuter Professor, im alltäglichen Leben manchmal etwas verloren. Und er war sicher gekränkt über seine Absetzung als Dekan. Aber einen Mord traue ich ihm nicht zu«, konterte Urbanyi.

»Wie schaut es mit den anderen aus?«, fragte Gaunersberg in die Runde. »Da ist dieser Pater Konrad, der ziemlich verärgert über die Entscheidung seines Abtes war, einen – wie sagt ihr da? – Frater bereits eine solche Karriere machen zu lassen. Und was ist mit Pater Sebastian? Der ist zwar immer irgendwie hier dabei gewesen, aber befragt haben wir ihn noch nicht.«

»Bei wem beginnen wir?«, fragte Mosbrucker. »Sollen wir uns aufteilen oder gemeinsam loslegen?«

Die drei Männer einigten sich, den Abt zu bitten, einen Raum für die Befragungen zur Verfügung zu stellen. Urbanyi würde sich – wie schon bei anderen Fällen – im Hintergrund halten, während die beiden Kriminalbeamten die Befragungen leiteten.

Während Urbanyi und Gaunersberg im Klosterhof blieben und die Abendsonne genossen, sprach Mosbrucker bei Abt Bartholomäus vor, der ihm ein kleines Sprechzimmer im ersten Stock neben den Mönchszellen zeigte. Weiters zeigte sich der Abt höchst kooperativ, rief einen Mönch nach dem anderen über die interne Telefonanlage an. Doch sein Vorhaben war nicht unbedingt von Erfolg gekrönt. So übergab er Gaunersberg einen Schematismus des Klosters, in dem er die derzeit im Haus anwesenden Mönche rot anstrich. So konnten die Kriminalbeamten selbst versuchen, die einzelnen Mönche zur Befragung zu rufen.

»Wo ist Pater Konrad? Was meinen Sie, Herr Abt?«, fragte Gaunersberg.

»Er könnte vielleicht drüben in der Hochschule sein«, mutmaßte Abt Käsmann, als er zum dritten Mal vergeblich in der Zelle von Pater Konrad anrief.

»Ich schaue zu ihm rüber«, sagte Mosbrucker und bedankte sich beim Abt für sein Entgegenkommen. Dann ging er wieder zu den beiden anderen Männern in den Klosterhof. Gemeinsam betraten sie das Gebäude der Hochschule und suchten den Institutsraum für Dogmatik. Auf den Gängen des Hochschulgebäudes wurde es bereits langsam dunkel. So entdeckten die drei Männer schnell den einen Raum, bei dem die Türe nur angelehnt war und sich der Lichtschein der Deckenbeleuchtung auf dem Fußboden und an der Wand des Ganges abzeichnete. Aus dem Raum, der mit »Institut für Dogmatik und Fundamentaltheologie« beschrieben war, hörten sie Geräusche, die auf hektische Betriebsamkeit hinwiesen. Gaunersberg zog lautlos die Türe auf. Tief gebückt war ein Mönch gerade dabei, zahlreiche Akten aus einem Hängeordner zu nehmen und in einen großen, schwarzen Müllsack zu füllen.

»Guten Abend, Pater Konrad«, rief Herbert Mosbrucker und unterbrach damit das emsige Treiben des Mönches. Dieser fuhr erschrocken hoch und drehte sich mit kreidebleichem Gesicht zu den eingetretenen Männern um.

»Ich ... ich ... ich habe nur einige alte Skripten entsorgt«, stammelte er nervös. »Ich habe neue Unterlagen zusammengestellt. Da ... da brauche ich die alten Sachen nicht mehr.

Mit einem »Darf ich mal sehen?« griff Gaunersberg nach dem schwarzen Sack, den Pater Konrad gerade wie wild drehte, um ihn oben zu verschließen. Der Mönch zog den Sack noch näher an sich. Deshalb trat Gaunersberg auf ihn zu und entriss ihm das Teil mit ziemlicher Wucht. Er drehte das obere Ende des Plastiksackes wieder auf und schaute hinein. Währenddessen trat Pater Konrad zwei Schritte zurück und versuchte, möglichst unauffällig einen Laptop zuzuklappen, der hinter ihm auf einem kleinen Schreibtisch stand. Urbanyi hatte die leise Bewegung des Mönches aber wahrgenommen, machte einen Satz nach vorne und steckte schnell seine Hand zwischen Bildschirm und Tastatur des Computers. Mit einem »Aua!« reagierte er, als Pater Konrad die Finger des Pfarrers schmerzlich im Gerät einklemmte. Der Mönch fuhr herum, Urbanyi zwang sich, seine Hand nicht zurückzuziehen, sondern drückte den Handrücken fest nach oben, um das Gerät wieder zu öffnen. Dann ging er um das Tischchen herum und besah sich sein Werk. Es war mit Erfolg gekrönt, der Laptop hatte sich nicht abgeschaltet und auch den Bildschirm nicht gesperrt. Auf dem Schirm war das E-Mail-Programm geöffnet, und

Urbanyi, der glücklicherweise das gleiche Programm verwendete, sah, dass der Papierkorb die rote Zahl »24« zeigte. Rasch klickte er auf das Symbol des Papierkorbs und entdeckte 24 gelöschte E-Mails, die eine interessante Korrespondenz zwischen Pater Konrad und Frater Sigmund, also dem Dekan der Hochschule, enthielten. Pater Konrad sparte nicht mit Schimpfwörtern »aus der untersten Lade«, wie Urbanyi seinen Fund nun für Gaunersberg und Mosbrucker kommentierte.

»Pater Konrad, ich meine, Sie müssen uns da einiges erklären«, sagte Mosbrucker, wies auf einen Besprechungstisch an der Wand des Institutsraumes und setzte sich an eine Seite des Tisches. Mit einer unmissverständlichen Handbewegung lud er den Mönch dazu ein, sich ihm gegenüberzusetzen. Urbanyi und Gaunersberg drehten zwei weitere Stühle, die etwas entfernt standen, in Richtung des Besprechungstisches, setzten sich und verschränkten die Arme vor dem Brustkorb in der Erwartung dessen, was nun kommen würde.

Mosbrucker ließ sich Zeit. Gaunersberg hatte ihm einen Teil der Papiere, die Pater Konrad zuerst im Sack hatte verschwinden lassen, auf den Besprechungstisch gelegt. Diese betrachtete der Kriminalhauptkommissar jetzt minutenlang, nickte manchmal dazu, blickte hin und wieder auf den immer nervöser werdenden Ordensmann ihm gegenüber, bevor er zu sprechen begann:

»Pater Konrad, Sie sind Professor für ... äh ... für Dogmatik. Was muss ich mir darunter vorstellen? Nicht vom Inhalt, sondern wie viele Stunden sind Sie an der Hochschule tätig, wie viel haben Sie mit dem Dekan dabei zu tun?«

Der Angesprochene rieb nervös die Handflächen aneinander. Dann begann er:

»Ich habe pro Semester zwei Vorlesungen, also 4 oder 5 Stunden pro Woche. Mit dem Dekan bin ich in den Sitzungen des Hochschulrates, einmal monatlich.«

»Gut, das war jetzt einmal eine sachliche Beschreibung Ihrer Tätigkeit«, warf Mosbrucker ein. »Wenn ich aber hier auf die Unterlagen sehe, die Sie verschwinden lassen wollten, oder wenn ich daran denke, was Pfarrer Urbanyi gerade auf Ihrem Computer entdeckt hat, dann zeugt das doch von einem intensiven Zorn gegen DDr. Dinhofer. Sie haben hier Material gegen ihn gesammelt. Hier etwa ein Teil, der offenbar aus seinen Skripten stammt, wo sie auf theologische Fehler und ... äh ›Häresien‹ hinweisen.« Mosbrucker wandte sich Hilfe suchend zu Urbanyi um, der ihm mit dem Schlagwort »Irrlehren« zu Hilfe kam.

»Und hier«, setzte Mosbrucker fort, »haben Sie einen minutiösen Bericht abgefasst, der beweisen soll, wie

Dinhofer bei Beurteilungen parteiisch war, Studenten absichtlich benachteiligt, andere aber bevorzugt hat.« Dann nahm Mosbrucker ein weiteres Blatt zur Hand und interpretierte den Inhalt:

»Und hier versuchen Sie doch, Dinhofer als moralisch für das Kloster nicht tragbar hinzustellen. Sie behaupten, er habe ein Verhältnis mit der Gärtnerin gehabt.«

»Hatte er ja auch. Ich habe die beiden einige Male am Abend vom Fenster meiner Zelle aus beobachtet«, rechtfertigte sich Pater Konrad. »Und was die beiden da unten auf der Bank vor dem Kloster taten, war eindeutig!«

Mosbrucker lehnte sich zurück und verschränkte die Arme hinter dem Kopf. Er blickte einige Sekunden auf den Ordensmann, dann setzte er fort:

»Hier ist noch ein Brief, den Sie bekommen haben, von einem Dika ... Dika ...« – »Dikasterium?«, warf Urbanyi ein.

»Dikasterium für Kultur und Bildung«, sagte Mosbrucker. »Sie bestätigen, Ihren Brief mit der Sachverhaltsdarstellung bekommen zu haben. Das heißt, Sie haben Frater Sigmund, Ihren Mitbruder, bei einer römischen Behörde angezeigt?«

»Mitbruder! Mitbruder!«, spottete Pater Konrad. »Gerade eineinhalb Jahre im Haus und auf einmal mein Vorgesetzter auf der Hochschule, wo ich jahrzehntelang arbeite. Nur weil er eine ›hochgestellte Persönlichkeit der kirchlichen Landschaft‹ ist, wie unser Abt immer wieder betont. Ein einfacher Frater war er hier im Kloster. Und das hätte er auch noch für 3 Jahre bleiben müssen. Wenn man einen Pfingstochsen will, anstatt eines kompetenten Theologen, dann kommt eben das raus.« Der Mönch war während seiner Worte immer lauter geworden, die Äderchen an seinen Wangen und seiner Stirn traten hervor, und sein Gesicht färbte sich knallrot. Urbanyi hatte schon Sorge, dass er einen Herzanfall erleiden könnte bei all der Erregung, die an ihm sichtbar wurde, doch dann beruhigte sich Pater Konrad wieder und sagte:

»Ich weiß, dass ich Ihnen jetzt ein wunderbares Motiv geliefert habe. Und ich gebe offen zu: In meinem tiefsten Inneren hatte ich schon manchmal Mordgedanken, weil ich die Sache uns allen gegenüber – und im Besonderen Pater Siegfried und mir als altgedienten Professoren an unserer Hochschule – als höchst ungerecht empfinde. Denn Frater Sigmund hat seinen Titel als Ehrendomkapitular schon vor sich hergetragen wie ein König seine Krone. Er hat uns täglich neu spüren lassen, dass er etwas Besseres ist als wir einfachen Klosterbrüder. Dabei hat er selbst genau diesen Weg gewählt. Von Demut hat er wohl nichts gehalten!«

»Pater Konrad, Sie halten sich bitte weiter zu unserer Verfügung. Sie werden verstehen, dass wir Sie als einen der Hauptverdächtigen ansehen müssen«, schloss Mosbrucker die Befragung des Mönches ab. »Ich vertraue aber darauf, dass Sie als Ordensmann jetzt nicht Hals über Kopf Österreich verlassen. Deshalb sehe ich keinen Grund, warum Sie nicht hier im Kloster bleiben sollten.«

Pater Konrad nickte schweigend. Dann ging er an Urbanyi vorbei zum Schreibtisch, zog eine Schublade auf und nahm ein kleines Diktiergerät heraus. Gemeinsam mit dem Laptop übergab er es Mosbrucker und sagte:

»Früher oder später würden Sie es sowieso herausfinden. Nehmen Sie das Diktaphon und hören Sie sich das Band an. Sie werden zwei Dinge erkennen: Erstens, dass ich kein Mörder bin, und zweitens, dass einige sehr viel Gründe hatten, Franz Dinhofer zu hassen.« Urbanyi war es nicht entgangen, dass Pater Konrad das ganze Gespräch über niemals die akademischen Titel des Toten nannte. Den Titel des Ehrenkanonikus hatte er ja auch in negativem Sinn erwähnt. War diesem Mönch und Theologieprofessor ein Mord zuzutrauen? Urbanyi konnte sich dies nicht wirklich vorstellen. Aber wer kann schon ins Herz des Mitmenschen schauen?

15. Eine interessante Beobachtung

Urbanyi wurde unsanft aus seinen Gedanken gerissen, als ihm Gaunersberg eine Hand auf die Schulter legte und sagte:

»Josef, du schaust ins Narrenkastel!«

Der Pfarrer zuckte zusammen. Er nickte hölzern und beteuerte dann:

»Ich kann dir nicht widersprechen, Ludwig. Ich habe über diesen Pater Konrad nachgedacht und überlegt, ob ich ihm eine solche Tat zutrauen würde.«

»Und?«

»Was ›und‹?«

»Zu welchem Ergebnis bist du gekommen?«

»Dass ich es nicht weiß. Wer kann schon in einen anderen Menschen hineinschauen? Oder wer kann den Zorn ermessen, der wirklich in diesem Pater Konrad steckt? Vielleicht haben wir nur die Spitze des Eisbergs miterlebt, weil er sich gut im Griff hatte?«

Gaunersberg klopfte Urbanyi freundschaftlich auf die Schulter und sagte:

»Du hast recht, Josef. Irgendwie bin ich versucht, ihm seine Geschichte abzunehmen.«

»Ich brauche jetzt einmal frische Luft«, sagte Urbanyi, entwand sich dem Griff seines Freundes und stand auf. Als er auf den Klosterhof hinaustrat, vibrierte sein Mobiltelefon in der Hosentasche. Er zog es heraus und sah, dass sein Mesner Adi anrief.

»Menschenskind, Josef, bis man dich erreicht!«, rief Adi aufgeregt ins Telefon.

»Was ist los, Adi?«, fragte Urbanyi etwas verwirrt. »Gibt es in der Pfarre Probleme?«

»Was heißt Pfarre, ich bin noch in Ebental!«

Pfarrer Urbanyi war verwirrt. Es waren doch schon mehr als zwei Stunden vergangen, seit Adi sich von ihnen im Café verabschiedet hatte. Dazwischen waren sie in die Kellergewölbe gestiegen, er hatte eine unangenehme Begegnung mit dem Boden des Kartoffelkellers gehabt, und danach fand die Befragung von Pater Konrad statt.

»Wieso bist du noch in Ebental?«, fragte Urbanyi deshalb erstaunt.

»Weil ich zuerst noch ein wenig die gute Luft ausnützen wollte und eine kleine Wanderung gemacht habe. Und weil ich dann etwas beobachtet habe, das ich dir sagen wollte, aber du warst nicht erreichbar!«, sprudelte Adi mit vor Aufregung bebender Stimme.

»Ja, hier im Kloster ist nicht überall Handyempfang«, entschuldigte sich Urbanyi. »Was hast du beobachtet?«

»Am besten, wir reden persönlich. Ich bin eh schon bei der Klosterpforte, weil ich nach dem fünften vergeblichen Anruf beschlossen habe, dich hier zu suchen«, antwortete Adi Ostermann und legte auf. Da in diesem Moment auch Mosbrucker und Gaunersberg auf den Klosterhof traten, gab ihnen Urbanyi ein Zeichen und sie marschierten zur Klosterpforte, wo Adi bereits auf sie wartete. In der Hand hielt er eine Einkaufstasche des Discounters aus der Pfarre Wimpassing. Diese hatte der Laden aufgrund seines 20-jährigen Bestehens im Vorjahr eigens produzieren lassen. Die Stoffsäcke waren sehr robust und von Adi Ostermann für sämtliche Transportaufgaben eingesetzt worden. Als Ostermann die drei Männer auf sich zukommen sah, hielt er die Einkaufstasche hoch und schwenkte sie wie eine Signalflagge.

»Ich glaube, der Inhalt interessiert euch«, rief er den Männern entgegen. Dann gingen alle vier wieder in das kleine Café neben dem Klosterladen. Nachdem die Kellnerin Kaffee gebracht hatte, begann Ostermann zu erzählen:

»Stellt euch vor, ich bin diesen kleinen Rundwanderweg gegangen, der hier beim Kloster beginnt, dann Richtung Sankt Jakob führt und um den kleinen Hügel wieder hinter dem Kloster mündet. Etwa nach 2 Kilometer habe ich etwas Interessantes beobachtet.«

Adi machte eine Pause, um die Spannung zu steigern, doch Urbanyi nickte ihm ungeduldig zu, weil er wissen wollte, WAS sein vielgetreuer Mesner beobachtet hatte. Also setzte dieser fort:

»Auf dem Wanderweg gibt es bei einem Marterl auch einen Mistkübel. Ich war vielleicht noch hundert Meter von dem Marterl entfernt, da habe ich gesehen, wie einer eine Coca-Cola-Flasche in den Mistkübel wirft.«

Mosbrucker lehnte sich zurück und sagte:

»Das ist vielleicht eine Umweltsünde, weil das Ding in den gelben Sack für Recycling und nicht in den Restmüll gehört, aber was hat das mit uns zu tun?«

»Moment«, sagte Ostermann und hob die Hand, um Mosbrucker zum Schweigen zu bringen. »Erstens war das keine Plastikflasche, sondern eine von diesen alten, kleinen Glasflaschen. Ihr wisst schon, diese charakteristische Form. Und zweitens war der, der sie dort reingeworfen hat, ein Benediktinermönch.«

»Welcher?«, riefen die anderen drei Männer so laut im Chor, dass sich die Kellnerin erschrocken umwandte.

»Welcher?«, wiederholten sie nochmals leise, weil sie in diesem Café, in dem noch zwei weitere Tische mit Touristen besetzt waren, kein Aufsehen erregen wollten.

»Das weiß ich leider nicht«, gestand Adi ein. »Er hatte die Kapuze über dem Kopf. Als er mich bemerkte, ist er schnell auf sein Fahrrad gestiegen und eilig davongeradelt. Ich konnte ihn nicht erkennen.«

»Größe, geschätztes Alter, Figur?«, insistierte Mosbrucker.

»Etwa meine Größe, schlank, sicher nicht älter als 50 oder 60, da er ziemlich sportlich weggeradelt ist«, antwortete Ostermann. »Obwohl mit dem Alter kann ich mich auch täuschen. Wenn ich meine Kondition mit der von unserem Pfarrer vergleiche ...« Er grinste und tätschelte den unübersehbaren Bauch Urbanyis mit der linken Hand.

»Und was hast du da in der Tasche?«, wollte Urbanyi jetzt wissen. Adi stellte die Tasche samt Inhalt auf den Tisch und rollte den Stoff der Tasche vorsichtig nach unten. Es erschien die altertümliche Cola-Flasche. Durch das leicht getönte Glas konnte man noch einen Rest einer Flüssigkeit erkennen, die aber keinesfalls die dunkelbraune Farbe der Limonade hatte. Mosbrucker kramte in der Innentasche seiner Lederjacke und zog einen Asservatenbeutel heraus. Ohne die Flasche zu berühren, steckte er sie in den Beutel.

»Haben Sie die Flasche angegriffen?«, fragte er Ostermann.

»Nein, nur mit der Stofftasche«, bestätigte der Mesner.

Mosbrucker holte sein Telefon heraus und wählte die Nummer von Maria Weinwurm.

»Ich hab was für Sie«, rief er ins Telefon. »Wo sind Sie gerade?«

»Ich bin auf dem Weg nach Wien ins Labor«, sagte die Angerufene.

»Dann bringe ich Ihnen das Teil gleich nach Wien«, antwortete Mosbrucker und stand auf. »Ich überlasse euch beiden, also dem ›Dream-Team‹, die Vernehmung«, rief er noch und verließ mit schnellen Schritten das Café. Noch einmal kehrte er um und rief Ostermann ein schnelles »Danke vielmals!« zu, bevor er endgültig verschwand.

»Ich muss jetzt aber wirklich zurück nach Wimpassing«, stellte Ostermann fest und stand auf. Er wollte seine Geldbörse zücken, um den Kaffee zu bezahlen, doch Gaunersberg gab ihm per Handzeichen zu verstehen, dass er selbstverständlich eingeladen ist.

»Kommst du heute auch noch, oder soll ich am Abend einen Rosenkranz halten?«, fragte Ostermann seinen Pfarrer.

»Bete den Rosenkranz, ich weiß nicht, wie lange wir noch brauchen. Wenn es zu spät wird, bleibe ich bis morgen früh hier. Die werden sicher ein Zimmer für mich haben«, antwortete Urbanyi. Dann war auch Adi Ostermann verschwunden.

16. Mönch auf Abwegen?

»Wir müssen die Befragungen fortsetzen«, sagte Gaunersberg, rief die Kellnerin und bezahlte die vier Kaffees, welche die Männer gerade getrunken hatten. »Wen nehmen wir als Nächsten?«

Urbanyi dachte kurz nach und sagte dann:

»Ich würde jetzt einmal die Gärtnerin befragen. Schließlich hat Pater Konrad ja von einem Verhältnis zwischen ihr und Dinhofer gesprochen. Außerdem wird sie ja bald Feierabend haben.« Bei den letzten Worten blickte Urbanyi kurz auf seine Armbanduhr und stellte fest, dass es bereits 16 Uhr geworden war.

»Wo finden wir sie?«, fragte Gaunersberg.

»Schauen wir einmal zum Gartenhaus«, schlug Urbanyi vor. »Das hat Maria Weinwurm ja nach der erkennungsdienstlichen Untersuchung freigegeben.«

Gaunersberg blickte anerkennend auf Urbanyi.

»Was?«, fragte dieser.

»Ich bin begeistert, Josef. Endlich sprichst du von ›Erkennungsdienst‹ und nicht von ›Spusi‹ wie in den Fernsehkrimis!«, scherzte Gaunersberg, und sein schallendes Lachen ging in ein rasselndes Husten über.

»Na? Verkühlt?«, fragte Urbanyi.

»Die Luft hier in Ebental ist rau«, konstatierte Gaunersberg.

»Stimmt. Manche Mönche haben ständig HNO-Probleme«, erzählte Urbanyi. Die beiden Männer verließen das Café und gingen vor die Klostermauern zum Gartenhaus. Schon von Weitem hörten sie Geräusche, die darauf schließen ließen, dass die Gärtnerin da war.

Als Urbanyi und Gaunersberg bei der Türe des Hauses hineinschauten, sahen sie, wie die Gärtnerin im Halbdunkel ihre Gartenscheren und anderen Werkzeuge mit einem Putzlappen reinigte und fein säuberlich auf dem Arbeitstisch aufreihte.

»Frau ...«, rief Gaunersberg, und es fiel ihm in diesem Augenblick ein, dass er ihren Namen nicht wusste.

»Kronberger!«, sprang ihm Urbanyi zu Hilfe.

Die Angesprochene erschrak und drehte sich blitzschnell um. In ihrer Hand hielt sie ein Unkrautmesser, das sie verteidigend in Richtung der beiden Männer streckte.

»Keine Sorge, wir wollen Ihnen nichts tun«, beschwichtigte sie Gaunersberg. »Es tut mir leid, dass wir Sie erschreckt haben.«

»Entschuldigung, aber nach allem, was heute passiert ist ...«, stotterte Cornelia Kronberger. »Bitte, was kann ich für Sie tun? Ich hab doch dem Polizisten am Morgen eh alles gesagt.«

»Nicht ganz alles«, schränkte Gaunersberg ein. »Dass Sie mit dem Toten – sagen wir – ›bekannt und sehr vertraut‹ waren, haben Sie tunlichst verschwiegen.«

Obwohl es im Raum wenig Licht gab, bemerkte Urbanyi genau, dass Cornelia Kronberger im Gesicht rot anlief.

»Ich ... ich ...«, begann sie.

»Ich kann es verstehen, Sie wollten sich nicht verdächtig machen«, sagte Gaunersberg mit ruhiger Stimme, weil er merkte, wie nervös die Frau geworden war. »Aber Sie verstehen auch, dass wir noch ein wenig mit Ihnen drüber reden möchten.«

Kronberger nickte.

»Wo können wir uns in Ruhe unterhalten?«, fragte Urbanyi. Die Gärtnerin wies auf eine kleine Türe im hinteren Teil des Gartenhauses.

»Da ist ein kleines Büro. Eigentlich benutzen wir es nie«, sagte sie. »Dort könnten wir uns reinsetzen. Zumindest gibt es dort auch elektrisches Licht.«

Cornelia Kronberger ging den beiden Männern voraus, drückte kraftvoll die Türklinke nach unten und ließ die massive Holztüre aufschwingen. Sie tappte neben der Türe kurz an der Wand entlang, um den Lichtschalter zu finden. Dann begann eine altertümliche Glühbirne den Raum in ein schummriges Licht zu tauchen. Ein alter Schreibtisch, wie ihn Urbanyi noch aus den Anfängen seiner Pfarre kannte, stand in dem Raum. Er hatte ihn anfänglich sogar noch benutzt, bis bei der Renovierung des Pfarrhauses auch die Räume des Pfarrbüros erneuert wurden. Das Holz des Schreibtisches war stark nachgedunkelt. Die grüne Filzunterlage auf der Tischplatte hatte auch schon bessere Zeiten gesehen. Und die Tintenflecke zeugten davon, dass hier noch jemand mit alten Füllfedern, wenn nicht sogar mit einem Federkiel geschrieben haben musste.

»Das war einmal der Schreibtisch des Abtes«, erklärte Kronberger, die den nachdenklichen Blick des Pfarrers gesehen hatte. »Jetzt steht er schon seit Jahren hier. Der war schon da, bevor ich auf der Welt war, hat mir der Hans erzählt.«

»Bitte, wer ist Hans?«, fragte Gaunersberg.

»Unser alter Gärtner. Er ist zwar schon in Pension, aber hilft noch, wo er kann. Er hat ein Leben lang für das Kloster gearbeitet. Da macht man nicht von heute auf morgen einen Schnitt.«

»Und wo ist er jetzt?«, fragte Urbanyi

»Der liegt leider seit 4 Wochen im Marienkrankenhaus Vorau. Er hatte einen Herzanfall, als er im Klosterhof die Büsche geschnitten hat. Zum Glück haben wir ihn gleich gefunden. Der Arzt sagt, es war ein massiver Herzinfarkt. Aber jetzt gehts ihm schon wieder besser. Ich hab ihn vorgestern besucht. Er will schon wieder mitarbeiten. Das ist ein gutes Zeichen.«

Urbanyi nickte. Als Verdächtiger schied der Gärtner auf jeden Fall aus. Kaum ein Alibi wäre besser, als Tag und Nacht unter ärztlicher Beobachtung in einem Spital zu liegen.

Die Gärtnerin zog einen Sessel unter dem Schreibtisch hervor, gegenüber standen zwei weitere alte Thonet-Sessel, auf denen Urbanyi und Gaunersberg Platz nahmen. Als Urbanyi sich gesetzt hatte, hörte er zwei Dinge gleichzeitig. Von Kronberger kam ein schrilles »Vorsicht!« in seine Richtung und unter der Sitzfläche war ein Krachen zu hören, als ob Holz brechen würde. Und es brach Holz. Eine Verstrebung, die – wie bei dieser Sesselart üblich – aus Bugholz, also unter Wasserdampf gebogenem Buchenholz, bestand, hatte dem Druck des geweihten Gewichtes Urbanyis nicht standgehalten und war geborsten. Dadurch war die Stabilität des rechten hinteren Beines des Stuhles schlagartig verloren gegangen, Urbanyi versuchte noch, sich an der Tischkante festzuklammern, als der Sessel nach hinten kippte, doch es war zu spät. Mit einem lauten Krachen stürzte er nach hinten, schlug mit den Ellenbogen auf dem Fußboden auf und lag nun wie ein Käfer auf dem Rücken neben Gaunersberg, der grinsend auf ihn herabsah.

»Sag einmal Josef, war der Sturz im Erdäpfelkeller nicht schon genug für heute?«, scherzte sein Freund. Urbanyi schwieg. Er fürchtete, Ludwig würde sich jetzt noch über sein Übergewicht auslassen, doch Gaunersberg reichte ihm die Hand, damit er sich aus der misslichen Lage befreien konnte.

»Oh, das tut mir leid. Ich wollte Sie noch warnen, dass der alte Sessel schon ein bisserl morb ist«, sagte Cornelia Kronberger, und man sah ihr an, dass sie große Mühe hatte, sich das Grinsen oder sogar Lachen zu verkneifen. Als Urbanyi sich aufgerappelt und notdürftig abgeputzt hatte, schaute er sich im Raum um. Eine Holzkiste stand da, die er nun heranzog, nachdem er die Trümmer des Sessels mit dem Fuß beiseitegeschoben hatte. Auf diese setzte er sich. Vorsichtig. Er wollte nicht einen weiteren Unfall bauen. Gaunersberg ging nun zur Befragung über, ohne die Aktion seines pfarrlichen Freundes weiter zu kommentieren:

»Frau Kronberger, seit wann arbeiten Sie für das Kloster Ebental?«

»Ich habe voriges Jahr hier begonnen«, antwortete die Gärtnerin.

»Und wo war Ihre vorherige Dienststelle?«

»Im Wiener Priesterseminar im 9. Bezirk.«

Gaunersberg wurde hellhörig. Hatte dort DDr. Dinhofer nicht vorher gewirkt? Also ging der Kriminalhauptkommissar in Ruhe (wobei dies bei seiner intensiven kriminalistischen Tätigkeit wohl eine akustische Täuschung war) zur nächsten Frage über:

»Wie beschreiben Sie selbst Ihr ... äh ... Verhältnis zu DDr. Dinhofer?«

Die Frau rieb nervös ihre Hände ineinander und senkte den Kopf. Zweimal blickte sie kurz zu Gaunersberg auf, öffnete den Mund, schloss ihn aber wieder, ohne ein Wort zu sagen. Urbanyi wollte ihr ein wenig helfen und sagte:

»Frau Kronberger. Sie werden nur als Zeugin befragt. Wir halten Diskretion über Ihre Aussagen. Sie haben momentan nichts zu befürchten.« Gaunersberg warf einen tadelnden Seitenblick auf Urbanyi. Doch er musste sich eingestehen, dass es dem Pfarrer durch seine Aussage gelungen war, die Gärtnerin doch zum Reden zu bringen.

»Ich ... ich bin durch ihn hierher nach Ebental gekommen.«

»Waren Sie also mit ihm in Wien schon enger befreundet?«, fragte Gaunersberg.

»Nein«, wehrte Kronberger vehement ab. »Und da ist kein ›Verhältnis‹ zwischen uns gewesen, wie Sie vielleicht glauben. Ja, er hat mich als Gärtnerin in Wien sehr geschätzt. Das war der Grund, dass er mich dem Abt empfohlen hat, als Hans, also unser Gärtner, voriges Jahr in Pension ging. Und weil wir uns von Wien schon kannten, haben wir hier auch öfters geplaudert. Ich weiß schon, wie das aussieht, wenn ein Mönch mit einer Frau draußen auf der Parkbank sitzt. Und es hat ja genug von seinen Mitbrüdern gegeben, die ihm alles neidisch waren, was er hier im Kloster geworden ist. Wahrscheinlich hat einer auch das Gerücht aufgebracht, dass wir etwas miteinander haben.«

»Da war also nichts?«, fragte Gaunersberg nach.

»Nein. Nichts, was er nicht mit seinen Ordensgelübden oder als Priester hätte vereinbaren können. Es ist doch nicht verboten, dass man über Gartengestaltung redet, oder? Und manchmal habe ich ihm gegenüber auch ein wenig mein Herz ausgeschüttet. Ist ja nicht einfach nach der Scheidung, mit dem Kind.«

»Frau Kronberger, wo waren Sie gestern zwischen 17 und 20 Uhr«, wollte Gaunersberg nun wissen.

»Ich bin gestern um 16 Uhr mit dem Bus nach Graz gefahren. Mein Bub ist ja dort im Internat. Und ich musste ihm was bringen. Auto habe ich im Moment keines«, antwortete Kronberger. Man sah ihr an, dass sie sich nun wieder beruhigt hatte.

»Hat Sie jemand auf der Fahrt, oder in Graz selbst, gesehen?«, wollte Gaunersberg nun wissen.

»Zumindest der Buschauffeur. Ich bin dann spätabends mit dem letzten Bus wieder zurückgefahren. Ich war gegen 11 Uhr nachts dann wieder hier.«

»Was heißt ›hier‹?«, fragte Gaunersberg. »Wohnen Sie hier im Kloster?«

»Ja, dort im Gästetrakt«, antwortete Cornelia und deutete mit dem Finger in eine Richtung. Weder Gaunersberg noch Urbanyi wussten, ob dies die Richtung zum Gästetrakt war oder nur eine unbewusste Geste während des Gesprächs.

»Und wo haben Sie Ihren Hauptwohnsitz?«, setzte Gaunersberg die Befragung fort.

»Eigentlich habe ich noch die kleine Mietwohnung in Wien, aber dort komme ich nur alle paar Wochen hin, um den Briefkasten auszuräumen. Die meiste Zeit bin ich hier in Ebental. Und in Graz kann ich bei einer Freundin übernachten, wenn ich meinen Buben besuche.«

»Das Internat können Sie sich leisten?«, fragte Urbanyi.

»Was soll ich denn anderes tun?«, entgegnete Kronberger. »Arbeiten muss ich, von meinem Ex kriege ich alle heilige Zeiten die Alimente überwiesen. Und Eltern, die mich unterstützen, habe ich nicht.«

»Beide gestorben?«, wollte Urbanyi nun wissen.

»Ich bin für sie gestorben, seit der Scheidung«, sagte Kronberger, und Urbanyi merkte, dass ihr der Gedanke daran sehr zu schaffen machte. »Sie sind noch ›vom alten Schlag‹, müssen Sie wissen. Für sie ist immer die Frau schuld, wenn eine Ehe in die Brüche geht. Dass mein Ex mich geprügelt hat wie einen räudigen Hund, das hat sie nicht interessiert. Und weil er ja ein Mann der gehobenen Gesellschaft war, wie mein Vater immer betont hat, konnte nicht sein, was nicht sein durfte. Seit ich von dem Mann weg bin, haben meine Eltern jeden Kontakt zu mir abgebrochen. Wenn sie meinen Buben sehen wollen, dann lassen sie ihn von meinem Ex abholen und nach Wien bringen. Zu ihrem Enkel sind sie sehr lieb und großzügig. Das ist für mich doppelt schwer, weil der Bub mit seinen 12 Jahren nicht verstehen kann und will, warum seine Mama so böse sein kann und keinen Kontakt mit ihren Eltern will. Dabei ist es genau umgekehrt. Aber das interessiert Sie vermutlich ja nicht.«

»Doch«, sagte Gaunersberg. »Bei einem Mordfall interessiert uns wirklich alles. Danke für Ihre Offenheit.«

Kronberger nickte. Wenn ihre Erzählung der Wahrheit entsprach, kam sie als Täterin nicht infrage. Vor allem hätte sich Gaunersberg auch schwergetan, ein Motiv zu nennen.

»Eine Frage noch«, fiel es plötzlich Urbanyi ein. »Haben Sie heute vielleicht einen Mönch auf dem Fahrrad gesehen?«

»Ja«, antwortete Cornelia Kronberger ohne zu zögern. Gaunersberg und Urbanyi richteten sich kerzengerade auf.

»Wissen Sie auch, wen?«, fragte Gaunersberg.

»Na den Frater Ephraim heute Vormittag. Der hatte es ziemlich eilig. Fast hätte er mich umgefahren, weil ich gerade rücklings mit dem Rasenmäher aus der Wiese rausgefahren bin. Er musste − glaube ich − zu einer Besprechung mit dem Abt.«

Urbanyi und Gaunersberg sanken wieder in sich zusammen.

»Und am Nachmittag? Haben Sie da auch jemanden gesehen?«, fragte Gaunersberg nach.

»Nachmittags? Nein. Aber da habe ich auf der anderen Seite bei den Blumenbeeten gearbeitet. Da hatte ich den Eingang nicht im Blick«, antwortete Kronberger.

Die beiden Männer bedankten sich bei der Gärtnerin, nachdem Gaunersberg noch nach der Buslinie gefragt hatte. Als sie wieder ins Freie getreten waren, zückte Gaunersberg sein Handy und rief Mosbrucker an:

»Du Herbert, dein Büro kann sicher ausheben, welcher Chauffeur gestern den Bus der Linie 314, die um 16 Uhr in Ebental Station machte und dann Richtung Graz fuhr, gelenkt hat. Wir müssten wissen, ob sich der Chauffeur an die Gärtnerin erinnern kann. Und dann wäre noch wichtig, ob er auch um 23 Uhr wieder nach Ebental zurückgefahren ist oder ob es ein Kollege war. Auch seine Aussage wäre wichtig.« In diesem Augenblick trat auch Cornelia Kronberger vor die Tür des Gartenhauses und rief:

»Ich hab noch vergessen, Ihnen zu sagen, wer den Bus gelenkt hat. Das war der Kurt Bauernfeld. Den kenne ich schon länger. Er fährt regelmäßig den 314er. Der war auch auf der Rückfahrt der Chauffeur!«

»Moment Herbert«, rief Gaunersberg. »Der Chauffeur heißt Kurt Bauernfeld. Er war auf beiden Fahrten.«

Mosbrucker hatte gerade sein Büro betreten, als ihn Gaunersberg anrief. Der Beutel mit der Coca-Cola-Flasche war mit einem uniformierten Beamten gerade unterwegs zu Maria Weinwurm. So konnte sich Herbert nun der Überprüfung des Alibis von Cornelia Kronberger widmen. Er rief bei RegioBus in der Steiermark an und erkundigte sich nach Kurt Bauernfeld. Die Dame am anderen Ende der Leitung schien höchst kompetent und gab Mosbrucker die Mobiltelefonnummer des

Buschauffeurs durch. Ein erster Anrufversuch schlug fehl. Mosbrucker probierte es einige Minuten später nochmals.

»Bauernfeld«, meldete sich der Angerufene.

»Bundeskriminalamt Wien, Mosbrucker«, antwortete Herbert. »Herr Bauernfeld, ich hätte eine Frage an Sie.«

»Wenn es schnell geht, ich stehe gerade mit dem Bus in Wenigzell. Ich muss in drei Minuten wieder weiterfahren, sonst halte ich den Fahrplan nicht ein«, sagte der Chauffeur, und sein Ton in der Stimme ließ erkennen, dass er im Stress war.

»Herr Bauernfeld, es geht ganz schnell. Ich frage nach einem Fahrgast gestern. Kennen Sie eine Frau Cornelia Kronberger?«, fasste sich Mosbrucker kurz.

»Die Conny? Ja selbstverständlich, die fährt regelmäßig mit mir. Hat sie was ausgefressen?«

»Nein. Ich möchte nur wissen, ob sie gestern bei Ihnen im Bus war.«

»Ja. Zweimal. Einmal um 16.02 Uhr Richtung Graz, und dann zurück, ich glaube, es war die letzte Fahrt gestern, wir waren gegen 22.55 Uhr in Ebental. Da ist sie wieder ausgestiegen«, berichtete Bauernfeld.

»Irrtum ausgeschlossen?«, fragte Mosbrucker.

»Todsicher. Ich kenne doch die Conny. Sie fährt ja alle paar Wochen nach Graz zu ihrem Buben ins Internat. Manchmal bleibt sie über Nacht, ich weiß nicht wo. Aber gestern ist sie am Abend wieder zurückgefahren. Zahlt sich eh fast nicht aus. Bis sie in Graz ist, muss sie schon fast wieder in den Bus retour einsteigen. Ist halt nicht einfach für eine alleinerziehende Mama, wo sich der Mann um nix schert.«

Mosbrucker bedankte sich für die Auskunft und tippte eine WhatsApp-Nachricht in sein Handy.

»Lieber Ludwig, Alibi von Kronberger durch Chauffeur bestätigt.« Er lehnte sich in seinem Schreibtischsessel zurück und schloss kurz die Augen. Welches Motiv sollte die Gärtnerin auch haben. Er wusste zwar von Gaunersberg noch nicht alle Details der Befragung, aber wenn der Verdacht stimmte, den Pater Konrad geäußert hatte, dann wäre die Gärtnerin die letzte auf seiner Liste der Verdächtigen gewesen. »Der Mörder ist immer der Gärtner« ist zwar ein hübsches Lied, aber die Wirklichkeit singt andere Melodien.

17. Die Spurenlage

Maria Weinwurm klopfte leise an Mosbruckers Bürotür. So leise, dass er es zuerst überhörte, weil er tief in Gedanken versunken war. Doch sie verstärkte ihr Klopfen, sodass sie nach dem zweiten Versuch ein lautes »Herein!« hörte.

»Herbert, hier hast du meinen Bericht«, sagte sie und wedelte mit einem ziemlich dicken Packen Zettel.

»So schnell?«, war Mosbrucker erstaunt. Er nickte zum Dank und überflog die erste Seite des Papierstapels, der gewohntermaßen eine kurze Zusammenfassung der Ergebnisse enthielt. Maria Weinwurm war für ihre Gewissenhaftigkeit und Strukturiertheit bekannt. Minutiös hatte sie alle abgenommenen Spuren und Beweismaterialien durchnummeriert und Verweise auf die entsprechenden Seiten des Berichtes bzw. auf die angehängten Fotos notiert.

Die Spurenlage im Gartenhaus war – wie sie schon am Vormittag berichtet hatte – äußerst dünn. Schuhabdrücke der Gärtnerin und von Gaunersberg, ein weiterer Herrenschuh Größe 46, zahlreiche Reifenspuren der Scheibtruhen, manche Schleifspuren der großen Gartensäcke.

Anders verhielt es sich schon bei den Spuren, die auf dem Habit, dem Ordensgewand von DDr. Dinhofer, gefunden wurden. Abgesehen von einigen Speiseresten, wie sie bei älteren Herren öfters den Weg nicht in den Mund, sondern auf den Brustkorb finden, um dort unschöne Flecken zu verursachen, fand sich Fremd-DNA von drei Personen, davon zwei Männer und eine Frau. Mosbrucker mutmaßte, dass es sich bei der Frau um die Gärtnerin handeln musste. Was die beiden Männer betraf, würde er wohl nicht umhinkommen, von allen Mönchen Schleimhautabstriche zu fordern. Noch interessanter aber war die Analyse der Coca-Cola-Flasche.

»Die hast du auch schon fertig?«, war Mosbrucker erstaunt.

»Das war ziemlich einfach. Wenn man weiß, wonach man suchen muss«, antwortete Weinwurm.

»Und? Wonach musstest du suchen?«

»Nach Parathion. Denn das hat Dr. Weingartner ja bei der Leiche festgestellt. Offenbar wurde er mit Parathion, also dem Insektengift E 605, vergiftet.«

»Und das war in der Cola-Flasche?«

»Ja, ein Rest, aufgelöst in Wasser. Ist zwar schwer löslich, aber wenn die Konzentration nicht über 24 mg pro Liter geht, dann schon. Das wird dann ein tödlicher Cocktail.«

»Und der wurde dem Opfer mit Gewalt eingeflößt?«

»Das muss dir Dr. Weingartner beantworten.«

Dies war das Stichwort für Mosbrucker, den Arzt nochmals anzurufen.

»Der Obduktionsbericht liegt im Ordner!«, bellte der Arzt unfreundlich in die Leitung. »Ich hab meine Schuldigkeit getan. Und jetzt bitte lasst mich Urlaub machen.« Und schon hatte er aufgelegt.

»Danke, sehr freundlich«, sagte Mosbrucker noch in das Besetztzeichen, das aus seinem Telefon drang. Er aktivierte den Bildschirm seines Computers und öffnete den entsprechenden Ordner. Als erste Datei fand er tatsächlich den Bericht des Gerichtsmediziners. Er tippte auf das entsprechende Symbol und hatte kurz darauf den sehr ausführlichen Bericht auf dem Bildschirm. Offenbar hatte Dr. Weingartner ein Formular auf seinem Computer, das er dann dem speziellen Fall entsprechend ausfüllen konnte. Denn in so kurzer Zeit war es auch einer geübten Bürokraft nicht möglich, diese Menge an Text in eine Maschine zu tippen. Mosbrucker blieb nichts anderes übrig, als »querzulesen«. Denn bei einem Seitenvolumen von über 30 fehlte ihm die Geduld, jede Einzelheit zu erfassen. Ihm ging es auch nicht um medizinische Auffälligkeiten des Toten. Dass er eine leichte Fettleber hatte, nun gut, wie ein Großteil der Österreicher, trug ja nicht zur Lösung des Falles bei. Er verstand schon, dass ein Gerichtsmediziner, wollte er seine Arbeit vollständig und gewissenhaft erledigen, auch diese Dinge in den Bericht schreiben musste. Auffällig war das Diagnostizieren eines malignen Lungenkarzinoms im vorgeschrittenen Stadium. Hatte Dinhofer davon gewusst? Oder hatte es ihm bis jetzt keine Probleme gemacht? Bis jetzt hat keiner der Befragten angegeben, dass Dinhofer krank gewesen sei oder oftmals gehustet habe.

Auf dem nächsten Abschnitt fand Mosbrucker die Untersuchung des Mageninhalts und die Feststellung des Arztes, Parathion isoliert zu haben. Weiters der intensive Knoblauchgeruch, der auf eine Parathion-Vergiftung schließen ließ. Und ja, Dr. Weingartner bestätigte dies nochmals und beteuerte, dass ihn dies bei Pater Siegfried zu einer spontanen Fehldiagnose verleitet habe. Er sei aber glücklich, dass er ihm kein Gegenmittel verabreicht habe, welches mitunter noch mehr Schäden angerichtet hätte als der Kreislaufkollaps und das stundenlange Liegen in der Bibliothek.

Nun nahm Mosbrucker wieder den Bericht Weinwurms zur Hand. Im nächsten Kapitel fand sich die Untersuchung der Kellerräume. Während sich in den anderen Räumen keine wirklich verwertbaren Spuren fanden – nicht zuletzt bedingt durch den »Unfall« Urbanyis –, war Weinwurm im Klostercarcer fündig geworden. Eine von ihr sichergestellte Glasflasche enthielt ebenso Parathion, eine verrostete Blechdose auch in Pulverform. Weiters einige andere Schutzmittel, die längst innerhalb der EU geächtet waren, aber über lange Zeit den Gärtnern fragwürdig gute Dienste leisteten.

Vielleicht war die Cola-Flasche aus dem Mistkübel auch vorher dort im Carcer, mutmaßte Mosbrucker. Er schaute die weiteren Untersuchungsergebnisse Weinwurms durch und fand seine Theorie bestätigt. Die chemische Zusammensetzung der Staubschicht auf der Flasche glich jener der anderen Proben aus dem Carcer zu 99,99 %.

»Warum kann sie nicht einmal 100 % schreiben?«, fragte Mosbrucker halblaut.

»Weil sie noch eine Restunsicherheit von 0,01 % sieht«, sagte plötzlich eine Stimme in seinem Büro. Mosbrucker zuckte zusammen. Er war so in den Bericht der Erkennungsdienstlerin und in die Obduktionsergebnisse vertieft gewesen, dass er die Anwesenheit Weinwurms völlig vergessen hatte.

»Entschuldigung, du bist noch da?«, fragte Mosbrucker mit weit aufgerissenen Augen.

»Ich dachte, ich bleibe gleich hier, sonst rufst du mich eh wieder 100-mal an, um irgendwelche Rückfragen zu stellen«, sagte die Angesprochene und setzte ihr gewinnendstes Lächeln auf.

»Hohes Gericht, keine weiteren Fragen!«, scherzte Mosbrucker. »Danke für deinen Einsatz.«

Eigentlich erwartete Mosbrucker, dass seine Kollegin nun gehen würde, doch sie zog sich einen Stuhl heran und setzte sich ihm direkt gegenüber. Ein paar Sekunden schwieg sie, dann begann sie nachdenklich:

»Der Fall geht mir nicht aus dem Kopf, Herbert. Das ist ja nichts Alltägliches, dass ein Ordensmann vergiftet wird. Ich bin zwar keine regelmäßige Kirchgängerin, aber ich fühle mich schon zugehörig zur Kirche. Da geht mir sowas irgendwie nahe.«

»Glaubst du, in der Kirche passieren keine Verbrechen?«, fragte Mosbrucker.

»Das nicht. Aber ein Giftmord ist schon eine Sonderklasse, oder?« Mosbrucker nickte.

»Irgendwie bringt das mein Bild von den friedlichen Mönchen durcheinander. Das Kloster Ebental hat doch diese Touristikwerbung mit Frieden und Beschaulichkeit. Ein Bekannter von mir hat dort vor Kurzem ein paar Tage verbracht. Und dann finden wir dort einen Ermordeten ...«, sagte Weinwurm und stoppte mitten im Satz. Wieder nickte Mosbrucker schweigend. In seiner nun schon ziemlich langen Laufbahn als Kriminalbeamter waren ihm viele schaurige Fälle untergegangen. Dieser zählte eher in die harmlosere Kategorie.

»Bis jetzt war die Kirche in Person von Pfarrer Urbanyi eher bei der Aufklärung beteiligt. Nicht als Mordopfer«, resümierte Mosbrucker, dann verabschiedete sich Maria Weinwurm, stellte den Stuhl auf seinen Platz zurück und verließ sein Büro.

18. Von allen »geliebt«

Herbert Mosbrucker war müde. Würde er jetzt noch nach Ebental fahren, könnte er erst nach der »Wespe«, oder wie das Abendgebet der Mönche nochmals hieß, weitere Befragungen unternehmen. Und da war ja im Kloster dann schon die Nachtruhe angebrochen. Auch wenn er selbst mit Glaube und Kirche nicht viel anfangen konnte, hatte er Respekt vor Menschen wie seinem Vorgänger Ludwig Gaunersberg, diesen bekennenden Atheisten, der plötzlich in die Kirche eingetreten war. Sicher, sein bester Freund, Pfarrer Josef Urbanyi, war daran nicht unbeteiligt gewesen. Mosbrucker hatte sich bis jetzt gescheut, Gaunersberg genauer zu fragen, was ihn schließlich zu diesem Schritt bewegt hatte. Aber interessieren würde es ihn schon. Für heute sollte es aber genug sein. Mosbrucker rief Gaunersberg an, gab ihm kurz einige Details der Obduktion und des Berichtes Weinwurms durch und informierte ihn dann, dass er heute nicht mehr nach Ebental kommen würde.

»Was machst du, Josef?«, fragte Gaunersberg. »Bleibst du über Nacht hier oder fährst du nach Wimpassing?«

»Ich bleibe. Ich werde Abt Bartholomäus bitten, dass ich auch eine Zelle bekomme«, antwortete Urbanyi. Gemeinsam gingen sie zur Prälatur, wo ihnen Abt Bartholomäus gerade eilig entgegenkam.

»Herr Abt«, begann Urbanyi, doch Abt Bartholomäus Käsmann rannte wortlos an ihnen vorbei. Gaunersberg und Urbanyi konnten ihm nur verwundert nachschauen. Offenbar hatte der Ordensmann aber den Wunsch Urbanyis geahnt, denn er rief ihnen über die Schulter zu:

»Herr Pfarrer, wenn Sie über Nacht bleiben wollen, wenden Sie sich bitte an Pater Sebastian. Der soll Ihnen eine Zelle zuweisen.« Und schon war er über die Stiege in Richtung Kreuzgang verschwunden. Urbanyi und Gaunersberg blickten sich irritiert an.

»Er hat es zwar eilig, aber Gedanken lesen kann er«, konstatierte Gaunersberg, dann begannen beide zu lachen. In diesem Augenblick trat Pater Sebastian aus seiner Zelle auf den Gang. Urbanyi sprach ihn an und bat um eine Bleibe für die Nacht. Pater Sebastian kramte in einer Tasche seines Habits und zog einen kleinen Schlüssel heraus, an dem ein Anhänger mit Benediktsmedaille hing.

»Ich habe mir gedacht, dass Sie heute hierbleiben wollen. Zelle 8 ist für Sie hergerichtet«, sagte er mit freundlichem Lächeln zu Urbanyi.

»Noch ein Mönch, der Gedanken lesen kann«, sagte Gaunersberg, und Pater Sebastian sah ihn verwirrt an.

»Gedanken lesen?«, fragte er. »Nein. Das wäre zwar manchmal praktisch, aber eigentlich ist es mir lieber, wenn ich nicht so genau weiß, was die anderen denken.

Aber ich konnte eins und eins zusammenzählen. Da Sie ja erst Pater Konrad befragt haben, liegt noch eine Menge Arbeit vor Ihnen.« Gaunersberg nickte, und Urbanyi nahm dankbar den Schlüssel entgegen.

»Brauchen Sie noch etwas? Zahnbürste, Paste, Duschgel und Handtücher habe ich Ihnen bereitgelegt«, sagte Pater Sebastian. »Sie entschuldigen mich bitte, ich habe heute Küchendienst.«

»Wann könnten wir mit Ihnen sprechen?«, fragte Gaunersberg, bevor der Mönch sich entfernen konnte.

»Mir wäre es am liebsten nach der Komplet. Kommen Sie bitte dann hier zu meiner Zelle«, antwortete Pater Sebastian, drehte sich auf dem Absatz um und verschwand in der Tiefe des Klausurganges.

Urbanyi blickte auf seine Armbanduhr. Diese zeigte knapp vor 17 Uhr. Deshalb sagte er zu Gaunersberg:

»Wir könnten doch noch mindestens eine Befragung vor der Vesper halten, oder?« Gaunersberg nickte.

»Pater Sebastian haben wir nach der Komplet. Was wäre mit Pater Koloman?«, fragte Urbanyi. Gaunersberg stimmte zu. Deshalb stellte sich Urbanyi wieder an jene Stelle im Gang, wo sein Mobiltelefon Empfang hatte, blickte auf den Zettel, den ihnen Abt Bartholomäus am Nachmittag gegeben hatte, und wählte die Nummer von Pater Koloman. Dieser hob nach dem zweiten Freizeichen ab.

»Ja bitte?«, hörte Urbanyi die sonore Stimme des 30-Jährigen.

»Hier Pfarrer Urbanyi. Kriminalhauptkommissar Gaunersberg würde sich gerne kurz mit Ihnen unterhalten. Könnten Sie in das kleine Besprechungszimmer im ersten Stock kommen?«, fragte Pfarrer Josef Urbanyi. Eine kurze Gedankenpause folgte, dann antwortete Pater Koloman:

»Ja, das trifft sich gut. Ich komme gerade von der Hochschule herüber. Ich bin in fünf Minuten bei Ihnen.«

Gaunersberg und Urbanyi warteten im Besprechungszimmer auf ihren Gesprächspartner. Pater Koloman hatte nicht gelogen. Es waren genau fünf Minuten, als schwungvoll die Türe des Raumes auffloog und der groß gewachsene Mönch mit dem dunklen Vollbart seinen Kopf hereinsteckte.

»Pater Koloman, welches Fach unterrichten Sie an der Hochschule?«, begann Gaunersberg das Gespräch.

»Sie müssen fragen: ›Welche Fächer?‹, denn ich habe mehrere«, antwortete Pater Koloman. »Altes und Neues Testament, Religionswissenschaften und ein wenig Pastoraltheologie.«

»Ist das nicht ein bisschen viel?«, wollte Urbanyi wissen.

»Schauen Sie, Herr Pfarrer, wir sind eine kleine Hochschule. Früher hat noch Pater Ludwig die Pastoraltheologie unterrichtet, aber der schafft es aufgrund der Mühen des Alters nicht mehr. Und Pater Bonifatius, der früher die Religionswissenschaften gelesen hat, ist voriges Jahr verstorben. Ganz plötzlich. Mit 57 Jahren. Da ist an der Hochschule eine große Lücke entstanden, die ich dann gemeinsam mit Pater Konrad abgedeckt habe. Ich weiß schon, es ist viel. Und ich musste mich in die anderen Fächer kräftig einlesen. Denn von der Ausbildung her bin ich Bibliker, Altes Testament«, legte Pater Koloman seine derzeitige Situation dar.

»Am Vormittag haben Sie keinen Hehl daraus gemacht, mit der Ernennung von Frater Sigmund zum Dekan nicht einverstanden zu sein«, warf Ludwig Gaunersberg ein.

»Schauen Sie, Herr Kommissar. Unser Herr Abt hat diese Entscheidung getroffen. Aber es ist unüblich. Jemand, der noch keine feierlichen Gelübde hat, sollte nicht zu solchen Aufgaben herangezogen werden. Es ist schon kompliziert, wenn ein Priester bei uns eintritt. Wenn er dann als Novize schon in die Pfarren rausfährt, um dort Messe zu feiern, anstatt den Noviziatsunterricht zu besuchen. Und wenn es dann noch so ein hochnäsiger, eitler Pfau wie Dinhofer ist ...«, antwortete Pater Koloman und wurde dabei immer lauter. Er brach wieder

– auch am Vormittag hatten dies die Männer schon an ihm bemerkt – mitten im Satz ab, atmete tief durch, um dann wieder ruhiger fortzusetzen:

»Schauen Sie, er hat ja nicht umsonst den Spitznamen ›Der Pfingstochse‹ bekommen. Den hatte er schon von den Seminaristen im Wiener Seminar gekriegt. Und er ist einfach passend. Denn er schmückt sich gerne mit den Insignien der Domkapitulare, er trägt gerne seinen Talar mit der violetten ›Knopflochentzündung‹.«

»Womit?«, unterbracht ihn Gaunersberg, weil er das Lachen Urbanyis bemerkte, selbst aber den Witz nicht verstand.

»Knopflochentzündung? Sie kennen doch diese Talare, die dann violette Knöpfe und ebensolche Knopflöcher haben. Schaut doch aus, als ob sich die schwarzen Knöpfe entzündet hätten, oder?«, grinste Pater Koloman. »Als er Novize war, hat er zwar im Kloster brav den Habit angezogen. Aber sobald er raus ist – was ein Novize eigentlich gar nicht darf, aber er hatte alle Freiheiten beim Abt –, hat er sich wieder wie ein Pfingstochse gekleidet. Mit Violett und großem Brustkreuz, mit langem Umhang und dickem Siegelring am Finger, gerade so, dass man ihn mit einem Bischof verwechseln könnte.«

»Darf ich Ihren Worten entnehmen, dass Sie ihn eigentlich nicht mögen?«, versuchte Gaunersberg die Haltung Pater Kolomans auf den Punkt zu bringen.

»Sagen Sie mir doch einen Menschen im Kloster, der ihn mag«, konterte Pater Koloman. »Mit Pater Konrad haben Sie ja schon gesprochen. Der hat ja einen regelrechten Feldzug gegen Dinhofer geführt. Nicht, dass ich alles gutgeheißen hätte, was Pater Konrad tat. Aber ich konnte ihn verstehen. Dinhofer ist und bleibt ein Fremdkörper in unserem Kloster. Also, er war ein Fremdkörper«, verbesserte sich Pater Koloman im letzten Augenblick.

»Nun, die Gärtnerin hat ganz gut von ihm gesprochen«, warf Urbanyi ein.

»Ja, die Conny. Die hat er ja aus Wien mitgebracht, hat ihr hier den Job vermittelt, der um Häuser besser bezahlt ist als derjenige in Wien. ›Unter dem Krummstab lässt es sich gut leben‹, sagt unser Herr Abt. Und er ist da wirklich großzügig mit den Gehältern der Angestellten. Gut, so viele haben wir ja nicht. Außer Conny noch die Kellnerin und Verkäuferin Annemarie im Klosterladen und angeschlossenen Café, dann noch Francesco, unser Koch. Das war es dann schon. Alles andere machen wir ja selbst. Dass die Conny gut über ihn redet, kann ich mir denken. Manche meinen ja, da gäbe es noch mehr zwischen den beiden.«

»Und? Was denken Sie?«, fragte Gaunersberg.

»Ich? Es ist zumindest komisch, wenn ein Priester und Mönch jeden Abend mit einer Frau, die einige Jahrzehnte jünger ist als er, bis in die dunkle Nacht auf einer Parkbank sitzt. Oder finden Sie das normal?«, erklärte Pater Koloman. Urbanyi und Gaunersberg schwiegen. Deshalb setzte der Ordensmann selbst fort:

»Ich will nichts hineininterpretieren. Vielleicht war es nur die Dankbarkeit der Gärtnerin. Vielleicht war er auch ihr geistlicher Vater, ihr Beichtvater, ihr spiritueller Begleiter, wer weiß. Aber eine schiefe Optik machte es allemal. Und sein steiler Aufstieg im Kloster ist nicht nur mir gegen den Strich gegangen. Knapp nach den zeitlichen Gelübden zum Dekan der Hochschule ernannt zu werden, das gab es bei uns noch nie. Und diese Entscheidung wurde letztlich auf dem Rücken von uns langgedienten Professoren getroffen.«

»Mit Ihren etwa 30 Jahren sind Sie aber noch nicht so ›langgedient‹, oder?«, warf Urbanyi ein.

»Unterschätzen Sie mein Alter nicht. Ich bin schon fast 40. Ich habe meine Studien mit 27 Jahren mit einem Lizentiat abgeschlossen und damit die Berechtigung zur Lehre an der Hochschule erworben. Und nun unterrichte ich seit 12 Jahren. Und Pater Siegfried noch viel länger, er muss ja mit Ihnen ziemlich gleich alt sein, Herr Pfarrer«, verteidigte sich Pater Koloman. Urbanyi nickte:

»Ja, wir haben gemeinsam studiert. Auch Ihr Abt war damals noch an der Uni, einige Jahre vor uns.«

Es trat eine kurze Stille ein. Dann unterbrach Gaunersberg das Schweigen:

»Pater Koloman, Sie haben heute Morgen gesagt, Sie seien gestern im Marienspital in Vorau gewesen. Wann genau?«

»Ich bin so gegen 16.45 Uhr hier aufgebrochen und nach der Komplet, also nach 20 Uhr wieder heimgekommen. Wie gesagt, ich habe einen Kranken besucht. Und der hat mich gebeten, noch länger bei ihm sitzen zu bleiben, als er bereits das Abendessen bekam«, antwortete Pater Koloman.

»Kann das jemand bezeugen?«, setzte Gaunersberg nach.

»Ich bin überzeugt, dass mich die Schwestern gesehen haben. Und meinen Freund können Sie auch gerne fragen«, sagte Pater Koloman mit einer überzeugenden Sicherheit in der Stimme.

»Das werden wir gerne tun, aber erst morgen«, sagte Gaunersberg. »Noch etwas. Kennen Sie den Klostercarcer?«

Pater Koloman war über die Frage Gaunersbergs ebenso überrascht wie Pfarrer Urbanyi. Beide blickten Gaunersberg etwas entgeistert an.

»Ja, schon. Warum?«, stotterte Pater Koloman herum.

»Weil wir annehmen, dass dies der Tatort ist«, erklärte Gaunersberg.

»Nicht das Gartenhaus?«, fragte Pater Koloman.

»Nein, dort wurde er danach abgelegt« setzte Gaunersberg fort. »Kennen Sie Parathion?«

Pater Koloman überlegte ein wenig und strich sich dabei durch seinen Vollbart. Urbanyi war sich nicht klar, ob diese Geste nur eine Ablenkung sein sollte oder wirklich einen ehrlichen Nachdenkprozess begleitete. Dann sagte Pater Koloman:

»Ich bin zwar kein Chemiker, aber ist das nicht dieses alte Insektengift? Dieses E 601 oder so?«

»E 605. Ganz genau«, bestätigte Gaunersberg. »Wissen Sie, ob es das hier im Kloster noch gibt?«

»Keine Ahnung«, sagte Pater Koloman und schien wirklich ehrlich zu sein.

»Gut. Soweit einmal fürs Erste«, beschloss Ludwig Gaunersberg das Gespräch. »Bitte halten Sie sich aber weiter zu unserer Verfügung, falls wir noch Fragen haben. Vor allem müssen wir morgen Ihre Angaben zum Besuch in Vorau überprüfen.« Pater Koloman nickte und verabschiedete sich von den beiden Männern. Als er den Raum verlassen hatte, kam Pfarrer Urbanyi eine Idee:

»Du Ludwig, ich kenne den Oberarzt Dr. Müller von Vorau. Der hat nämlich früher in meiner Pfarre gewohnt. Ich könnte ihn gleich anrufen und fragen, ob die Geschichte von Pater Koloman so stimmt, ob er wirklich die ganze Zeit im Krankenhaus war. Gaunersberg stimmte zu, und Urbanyi verließ den Besprechungsraum, weil er auf seinem Mobiltelefon sah, dass kein Empfang möglich war. Draußen am Gang suchte er wieder jenen Platz, wo Telefonieren problemlos vonstattenging, suchte im Telefonverzeichnis seines Handys die Nummer Dr. Müllers und rief alle Engel und Heiligen an, dass diese noch stimmte.

»Dr. Müller. Grüß Gott«, hörte er zu seiner Erleichterung die Stimme des Oberarztes. Er stellte sich vor:

»Hier Pfarrer Urbanyi. Grüß Gott, Herr Dr. Müller!«

»Pfarrer Urbanyi! Ja, das ist eine schöne Überraschung. Seit wir vor 4 Jahren nach Vorau gezogen sind, habe ich nichts mehr von Ihnen gehört. Wie geht es Ihnen denn?«

»Herr Dr. Müller, danke der Nachfrage. Ich bin im Moment nicht weit von Ihnen, im Kloster Ebental. Ich helfe der Kriminalpolizei bei einem Mordfall.«

»Ach, immer noch derselbe ›Pater Brown‹!«, scherzte Dr. Müller. »Als damals der Mann in Wimpassing beim Adventmarkt vom Stockerl fiel – wie hieß er nur gleich? –, da haben Sie ja auch ermittelt. Und ich war damals noch in Wimpassing.«

»Ich hätte nur eine Frage an Sie. Können Sie sich erinnern, dass gestern ein Mönch aus Ebental jemanden bei Ihnen im Spital besucht hat?«, fragte Urbanyi.

»Und ob«, antwortete Dr. Müller. »Pater Koloman war da bei seinem alten Freund Hubert Ellison.«

»Wissen Sie, wie lange Pater Koloman im Spital war?«

»Da war etwas ein wenig komisch«, begann Dr. Müller. »Er ist so gegen 17 Uhr gekommen und hat sich ganz auffällig benommen, so als ob er wollte, dass alle sehen, dass er da ist. Und gegen 19.45 Uhr ist er dann wieder gegangen.«

»Und er war die ganze Zeit im Spital?«

»Das kann ich jetzt nicht sagen. Ich habe ihn gegen 17 Uhr gesehen. Und dann nochmals gegen 19 Uhr. Ob er die ganze Zeit vor Ort war, kann ich nicht beschwören.«

»Könnten Sie noch jemand fragen, der darüber Bescheid weiß?«, setzte Josef Urbanyi nach.

»Moment, ich bin eh gerade am Gang zum Schwesternzimmer. Ich frage einmal.«

Urbanyi hörte schwere Schritte, dann ein Klopfen und ein leises »Herein«. Dann einige Stimmen, die durcheinanderriefen. Plötzlich war Dr. Müller wieder deutlich zu verstehen:

»Moment, Herr Pfarrer, da ist Schwester Christine. Die kann Ihnen Auskunft geben.« Eine helle Frauenstimme meldete sich:

»Grüß Gott, was wollen Sie genau wissen?«

»Hatten Sie gestern Dienst, Schwester?«, fragte Urbanyi

»Ja, bis Mitternacht. Warum?«

»Haben Sie den Gast von Herrn Hubert Ellison gesehen?«

»Ja, den Pater Koloman. Der ist so gegen 17 Uhr da gewesen. Er hat ein wenig die Aufmerksamkeit auf sich gezogen, als er gekommen ist. Das war gestern ein bisschen komisch. Und irgendwann vor 20 Uhr war er dann wieder weg«, antwortete die Krankenschwester.

»Und Sie haben ihn die ganze Zeit gesehen?«, fragte Urbanyi.

»Na glauben Sie, ich beobachte die Besucher?«, fragte Schwester Christine entrüstet. »Ich habe ihn gesehen, wie er gekommen ist und wie er wieder gegangen ist. Und – Moment – als ich dem Herrn Ellison Fieber gemessen habe, da war er nicht da. Aber vielleicht war er nur kurz am WC oder so. Das kann ich jetzt nicht sagen.«

Urbanyi bedankte sich für die Auskunft. Das Alibi von Pater Koloman war doch nicht so hieb- und stichfest wie zuvor angenommen. Vielleicht war er um 17 Uhr nach Vorau gekommen, hatte absichtlich auf sich aufmerksam gemacht, um Zeugen für seine Anwesenheit zu haben, war aber dann zwischenzeitlich fort gewesen. Eine Zeitspanne von eineinhalb Stunden hätte ja genügt, hier nach Ebental zurückzukommen, Dinhofer das Gift einzuflößen und wieder zurückzufahren. Und die Leiche hätte er ja irgendwann in der Nacht ins Gartenhaus transportieren können. Mit dieser Theorie ging Urbanyi zu Ludwig Gaunersberg, der ihm interessiert zuhörte.

Dann war es an der Zeit, die nächste Befragung zu beginnen. In diesem Augenblick schaute Frater Ephraim bei der Türe herein:

»Brauchen Sie von mir auch etwas? Ich habe gerade Pater Koloman getroffen, und er hat gesagt, Sie befragen alle Mönche.«

Gaunersberg nickte und machte eine einladende Handbewegung, dann sagte er:

»Sehr gut, Frater Ephraim. Wenn Sie schon mal da sind, können wir es gleich hinter uns bringen.«

Der junge Mönch setzte sich den beiden Männern gegenüber und blickte sie erwartungsvoll an.

»Frater Ephraim, wie lange sind Sie schon im Kloster?«, fragte Gaunersberg zur Eröffnung des Gespräches.

»Ich bin jetzt im zweiten Jahr der zeitlichen Gelübde, vorher war ich ein Jahr als Postulant und dann ein Jahr als Novize hier. Also insgesamt schon fast vier Jahre«, antwortete Frater Ephraim, und Urbanyi hatte den Eindruck, der Frater wollte damit klarstellen, dass er schon wesentlich länger im Haus war als DDr. Dinhofer. Deshalb warf er ein:

»Sie sind also schon doppelt so lange hier wie ihr verstorbener Mitbruder Frater Sigmund?«

»Mehr als doppelt so lange. Ich musste ein ganzes Jahr im Kloster als Kandidat auf meine Einkleidung zum Novizen warten. Ich habe dann das ganze Noviziatsjahr gemacht, bevor ich meine ersten Gelübde ablegte«, antwortete Frater Ephraim, und Urbanyis erster Eindruck bestätigte sich damit vollauf. Gaunersberg nahm das Gespräch wieder auf:

»Frater Ephraim, am gestrigen Abend haben Sie mir doch einiges erzählt. Dass Sie etwas hier im Kloster als ›oberfaul‹ empfinden. Gut, Pater Siegfried haben wir ja Gott sei Dank gefunden, er war nicht Opfer eines Verbrechens, sondern seiner Zerstreutheit. Aber Sie haben doch von einem Streit zwischen DDr. Dinhofer und einer zweiten Person gesprochen. Diese Person, die so erregt war, dass die Stimme nur mehr ein Quietschen war. Und heute haben wir DDr. Dinhofer tot aufgefunden. Allem Anschein nach mit E 605 vergiftet. Meinen Sie, das hängt mit dem Streit, den Sie beobachtet haben, zusammen?« Frater Ephraim senkte den Kopf. Nach einer kurzen Nachdenkpause sagte er:

»Ich bin überzeugt davon. Frater Sigmund war im Kloster überhaupt nicht beliebt. Ich weiß, als zeitlicher Professe dürfte ich so gar nicht reden, aber niemand von uns hat die Entscheidung unseres Abtes wirklich verstanden. Wie kann man jemandem das Jahr als Kandidat erlassen, ihn verkürzt Novize sein lassen und schon im ersten Jahr der zeitlichen Gelübde zum Dekan der Hochschule machen? Da gibt es wahrlich fähigere Leute bei uns, die das verdient haben. An erster Stelle Pater Siegfried, dann Pater Konrad oder auch Pater Koloman. Und ebenso Pater Albert. Alle sind schon lange im Kloster. Alle kennen Ebental wie ihre Westentasche. Und alle sind gute Wissenschaftler.«

»Meinen Sie, dass DDr. Dinhofer kein guter Wissenschaftler ist?«, fragte Urbanyi.

»Seine Vorlesungen sind in Ordnung. Aber ich habe ein paar Freunde, die im Wiener Seminar waren. Die bestätigen mir, dass es menschlich mit ihm sehr schwer war. Wir haben sogar schon den Witz im Kloster laufen: ›Die Wiener haben gebetet: Herr, befreie uns. Die Grazer haben gebetet: Herr, verschone uns. Und wir in Ebental haben zu wenig gebetet, deshalb haben wir ihn gekriegt.‹ Denn eigentlich wollte er ja Dekan an der Grazer Uni werden. Aber dort haben sie dann eine Professorin genommen, wegen des Frauenanteils. Ich bin zwar nicht feministisch, aber in diesem Fall war die Entscheidung goldrichtig.«

Es trat eine kurze Stille ein. Dann begann Gaunersberg wieder zu sprechen:

»Frater Ephraim, rein routinemäßig müssen wir Sie fragen: Wo waren Sie gestern zwischen 17 und 20 Uhr?«

Der Angesprochene blickte erstaunt auf Gaunersberg und antwortete:

»Aber Herr Gaunersberg, Sie haben mich doch gesehen. Bei der Vesper, beim Abendessen, bei der Komplet. Und danach sind wir im Klosterhof gesessen und haben geredet.«

Urbanyi und Gaunersberg bedankten sich bei Frater Ephraim. Der junge Mann hatte letztlich nur bestätigt, was die Männer vorher schon wussten. Beliebt war Dinhofer offenbar nicht. Und jeder der Mönche hätte vermutlich ein Motiv gehabt, ihm Gewalt anzutun. Aus verschiedenen Gründen. Pater Siegfried, weil er ihm seine Position als Dekan weggeschnappt hatte, Pater Konrad und Pater Koloman ebenso. Was war eigentlich mit Pater Albert? Gaunersberg wollte ihn als Nächsten befragen.

»Frater Ephraim, meinen Sie, wir können Pater Albert stören? Ist er schwer krank?«, fragte Ludwig den jungen Mönch. Dieser schüttelte den Kopf und lächelte:

»Nein, nur der berühmte Männerschnupfen. Kommen Sie, ich bringe Sie zu seiner Zelle.«

Die drei traten auf den Gang hinaus, Frater Ephraim schien in seinem langen Gewand lautlos über den Boden zu schweben, während man das Echo der schweren Schritte von Gaunersberg und Urbanyi von den Wänden her hörte. Frater Ephraim bog rechts um die Ecke in jenen Teil des Ganges, wo sich weitere Mönchszellen befanden. Vor einer Türe machte er halt und klopfte an. Ein heiseres »Herein!« war zu hören.

»Danke, Frater Ephraim«, flüsterte Pfarrer Urbanyi, und Gaunersberg öffnete die Türe. Auf der Bettkante saß, mit einem Pyjama bekleidet, Pater Albert. Seine Nase war gerötet, die Augen verschwollen. In seiner rechten Hand hielt er ein überdimensional großes Stofftaschentuch.

»Es ist besser, wenn Sie mir nicht allzu nahekommen«, krächzte er. »Ich hab mich massiv verkühlt. Ich hoffe, ich stecke Sie nicht an.«

Gaunersberg und Urbanyi blieben mit Sicherheitsabstand vor Pater Albert stehen, dann begann Gaunersberg:

»Wir wollen Sie nicht lange stören. Wir wollten nur wissen, wo Sie gestern zwischen 17 und 20 Uhr waren.«

»Da hab ich mich schon zurückgezogen. Gestern Nachmittag ist meine Verkühlung massiv ausgebrochen. Mein Immunsystem ist nicht mehr das Beste«, antwortete Albert mit heiserer Stimme.

»Aber Sie haben gehört, was passiert ist?«, fragte Urbanyi.

»Ja sicher. Abt Bartholomäus war heute Vormittag nach der Versammlung der Brüder bei mir und hat mir alles erzählt«, antwortete Albert. Er schien von den Vorgängen aber in keinem Maße erschüttert oder bewegt zu sein.

»Es scheint Sie nicht besonders zu berühren, dass Ihr Mitbruder, Frater Sigmund, tot ist?«, fragte deshalb Gaunersberg.

»Früher oder später hat so etwas kommen müssen«, entgegnete Pater Albert krächzend. »So, wie er sich aufgeführt hat. Der Spitzname ›Pfingstochse‹ passt doch herrlich. Entweder er war mit seinem Gewand so aufgeputzt oder er hat es mit seinem Reden selbst getan. Denn er war immer der beste, der größte, der vollendete Theologe. Keiner konnte es so gut wie er. Alle anderen hat er ständig niedergemacht. Mit Verlaub, ein Kotzbrocken! Wäre ich der Abt, ich hätte ihn entweder nie aufgenommen oder schon längst rausgeworfen. Aber mit seinem ›berühmten Namen‹ hatte er da ein Freilos.«

Es war unüberhörbarer Hass, den Pater Albert gegen seinen toten Mitbruder hegte. Er nahm sich auch kein Blatt vor den Mund, dies vor den beiden Männern klarzustellen. Zugleich hatte er ein hieb- und stichfestes Alibi. Er lag mit Fieber im Bett.

Gaunersberg wünschte Pater Albert gute Genesung, und beide Männer traten auf den Gang hinaus, als gerade die Glocke zur Vesper einlud. Am Ende des Ganges sahen sie im Halbdunkel einen Mönch, der die Wand entlangging und sich immer wieder anhielt.

»Pater Siegfried?«, fragte Urbanyi erstaunt.

»Ja, ich bin auf Revers aus dem Spital entlassen worden. Ist ja nur mein Kreislauf«, erwiderte der Angesprochene. Pfarrer Urbanyi hakte sich unter und begleitete Pater Siegfried zu seiner Zelle.

»Können wir nach dem Abendessen kurz mit dir reden?«, fragte er den Mönch, der immer noch leichenblass im Gesicht war.

»Ja gern. Aber kommt bitte zu mir in die Zelle, ich werde mich ein wenig hinlegen. Ich gehe nicht zur Vesper, dazu fühle ich mich ein wenig zu schwach«, antwortete Pater Siegfried. »Viel werde ich euch nicht sagen können. Ich war ja einen Tag lang – sagen wir – ausgeschaltet.«

19. Tiefe Kränkung

Nach dem Abendessen suchten Ludwig Gaunersberg und Pfarrer Urbanyi die Zelle von Pater Siegfried auf. Der Mönch hatte sich mit Pyjama und Morgenmantel auf das Bett gelegt.

»Sie erlauben, dass ich liegen bleibe?«, fragte er Gaunersberg, als die beiden Männer in seine Zelle eintraten. Gaunersberg nickte. An dem kleinen Tischchen in der Zelle von Pater Siegfried standen zwei Stühle, welche sich die Männer nun in Richtung Bett heranzogen.

»Pater Siegfried, zuerst: Wie geht es Ihnen?«, fragte Gaunersberg.

»Noch ein wenig zittrig, aber schon viel besser. Der Arzt sagte, die doppelte Dosis des Medikamentes wird über Nacht endgültig abgebaut. Dann sollte wieder alles normal sein. Es war einfach meine Zerstreutheit. Dabei habe ich eigens so ein Pillenschachterl gekauft, wo von Montag bis Sonntag jeweils zwei Abteilungen sind. Eine für die Medikamente am Morgen, eine für jene am Abend.« Pater Siegfried Molnar drehte langsam den Kopf zu seinem Nachtkästchen und zeigte mit dem Finger auf die weiße Medikamentenschachtel, die aus 2-mal sieben kleinen Döschen bestand. Jene für den Morgen waren mit einem Sonnensymbol, die für den Abend mit einer

Mondsichel gekennzeichnet. Und darunter stand jeweils die Abkürzung des Wochentages von »Mo« bis »So«.

»Sowas kann jedem passieren, Pater Siegfried«, sprang ihm Pfarrer Urbanyi bei. »Wäre mir auch schon fast passiert. Ich habe im letzten Moment bemerkt, dass ich die falschen Tabletten in der Hand hatte.«

»Was wollen Sie wissen?«, fragte nun Pater Siegfried, und man sah ihm an, dass ihm das Sprechen etwas schwerviel. Die Augenlider lagen schwer auf den Pupillen, die Lippen waren noch weiß, sein Blutdruck schien sich noch nicht wirklich erfangen zu haben.

»Dass Sie für die fragliche Zeit ein Alibi haben, steht außer Frage«, begann Gaunersberg. »Aber erzählen Sie ein wenig über Ihr Verhältnis zu Frater Sigmund.«

»Was soll ich da viel sagen. Sie können sich vorstellen, dass ich zutiefst gekränkt war, als ich bei dem Mittagessen aus dem Mund des Abtes erfuhr, dass meine Zeit als Dekan vorbei ist. Ich habe mich wirklich um unsere Hochschule und um die Wissenschaft bemüht. Und plötzlich wird man in die Ecke geworfen wie ein Spielzeug, mit dem das Kind nicht mehr spielen will. Das verletzt. Das kränkt. Josef, du kennst mich ja, ich halte ja viel aus im Leben. Aber das war wirklich ein harter Schlag«, sagte Pater Siegfried. Bei den letzten Sätzen hob er leicht den Kopf, um besser auf Josef Urbanyi schauen zu können, ließ ihn dann aber wieder kraftlos in den Polster sinken. ·

»Sie hätten also allen Grund gehabt, etwas gegen Dinhofer zu unternehmen?«, provozierte Gaunersberg nun den Mönch.

»Ja schon. Aber dann habe ich gesehen, wie Pater Konrad schon einen Feldzug gegen ihn führt. Und ich bin nicht der, der gleich Krieg beginnt. Ich dachte, unser Abt wird schon merken, dass er hier einen Fehler gemacht hat. Aber das Eingestehen von Fehlern zählt nicht unbedingt zu den Tugenden der kirchlichen Würdenträger ...«, antwortete Pater Siegfried mit ruhiger Stimme, wobei am Ende ein Lächeln seine Mundwinkel umspielte. »Ich habe versucht, zu verzeihen. Auch wenn es schwerfällt. Kränkung sticht tief in die Seele. Doch, Josef, du weißt, dass ich dich sogar wegen des Verschwindens von Frater Sigmund kontaktiert habe. Ich wollte mit ihm und der Situation ausgesöhnt sein. Und ich habe mich wieder ganz in die Wissenschaft zurückgezogen und arbeite gerade an einem neuen Buch über die Entwicklung der priesterlichen Spiritualität seit den Tagen des heiligen Benedikt bis zu Papst Benedikt XVI., mit einem Exkurs auf das derzeitige Pontifikat.« Pater Siegfried schloss die Augen, und Urbanyi mutmaßte, dass er bereits über das nächste Kapitel seines Buches nachdachte.

»Ich glaube, die wissenschaftliche Arbeit ist für dich ein großer Trost in dieser Kränkung«, sagte Josef Urbanyi mit ruhiger Stimme. Pater Siegfried nickte langsam, dann war vom Bett her ein leises Schnarchen zu hören. Gaunersberg und Urbanyi nickten sich zu und verließen das Zimmer des Mönches.

20. Stille Wasser

Die letzten Töne des »Salve Regina«, jenes schönen Marienhymnus, der am Ende der Komplet täglich von den Mönchen angestimmt wurde, waren verklungen. Gaunersberg und Urbanyi kehrten zurück zum kleinen Besprechungszimmer. Sie waren erstaunt, dass Pater Sebastian bereits vor der Türe stand. Auch sein Chorgewand hatte er schon abgelegt.

»Sind Sie geflogen, Pater Sebastian?«, fragte Urbanyi verwirrt.

»Nein, aber über den Geheimgang gekommen. Das ist die kürzeste Verbindung von der Klosterkirche zu den Zellen hier im ersten Stock. Manchmal brauchen wir solche geheimen Verbindungen«, antwortete der Mönch geheimnisvoll und lächelte dabei. Er öffnete die Türe zum Besprechungszimmer und ließ Gaunersberg und Urbanyi den Vortritt. Alle drei setzten sich an den Besprechungstisch. Pater Sebastian machte einen ruhigen und beruhigenden Eindruck. Urbanyi verstand wohl, warum der Abt ihn zum Novizenmeister gemacht hatte. Er hatte sicher eine gute Hand in der Führung der jungen Mönche. Er vermochte es, deren Talente zu erkennen und zu fördern, aber auch die Spitzen abzufedern, wo jugendlicher Elan oder Leichtsinn eine Belastung für die Mönchsgemeinschaft darstellen könnte.

»Pater Sebastian, Sie sind Novizenmeister. Wie kann ich mir Ihre Arbeit im Kloster vorstellen?«, fragte Gaunersberg aus ehrlichem Interesse, nicht nur aus kriminalistischer Routine.

»Nun, ich bin verantwortlich für die Kandidaten, die sich auf den Klostereintritt vorbereiten. Ich berate unseren Herrn Abt und das Kapitel, wenn es um die Entscheidung über die Aufnahme geht. Dann begleite ich die Mönche im ersten Jahr, die Novizen. Und ebenso alle, die in den Jahren der zeitlichen Profess stehen.«

»Das bedeutet, dass Sie bis gestern drei Mitbrüder zu betreuen hatten, jetzt nur noch zwei«, resümierte Gaunersberg.

»Ja, und einen Kandidaten. Aber der ist, genauso wie Frater Benjamin, unser Novize, gerade auf Heimaturlaub«, erklärte Pater Sebastian.

»Heimaturlaub?«, fragte Gaunersberg zurück, der das Wort »Urlaub« mit »Klosterleben« inkompatibel empfand. Ja, dass jemand einmal Urlaub im Kloster machen würde, das leuchtete ihm schon ein. Doch dass ein Mönch »Urlaub VOM Kloster« nimmt, war doch neu für ihn.

»Lieber Herr Kommissar, die Zeiten, wo die Mönche für das ganze Leben in der Klausur blieben, sind vorbei«, lachte Pater Sebastian und setzte einen gütigen Blick auf. »Wir wollen auch nicht, dass unsere Brüder jedweden Kontakt zur Familie verlieren. Wir wollen eine große Familie sein, gemeinsam mit den Angehörigen unserer Brüder. Und dazu ist es auch notwendig, dass die Brüder hin und wieder Urlaub daheim, im Elternhaus oder bei ihren Verwandten, machen können. Oder mit ihnen irgendwohin fahren. Frater Benjamin wird derzeit mit seinen beiden Schwestern in Rimini am Strand liegen.«

Gaunersberg schwieg. Er merkte, wie er immer noch sehr veraltete Ansichten über das Klosterleben hatte. Pater Sebastian schien dies zu bemerken und sagte:

»Vergessen Sie alles, was Sie in Filmen wie ›Der Name der Rose‹ gesehen haben. Oder raucht es hier im Kloster hinter allen Säulen hervor?«

»Aber einen Mord haben wir hier wie im Film«, entgegnete Gaunersberg. Pater Sebastian senkte den Kopf und sagte:

»Das stimmt leider. Das hätte ich mir auch nicht gedacht. Bisher war alles sehr friedlich. Bis Dinhofer ...« Er stockte mitten im Satz. Gaunersberg blickte ihn scharf an:

»Sprechen Sie weiter, Pater Sebastian. Wollten Sie sagen: Alles war im Kloster friedlich, bis Dinhofer hierherkam?«

»Nein ... ja ... vielleicht«, stammelte Pater Sebastian nun, und man merkte, dass seine anfängliche Ruhe nun zu Nervosität wechselte. »Es war keine leichte Zeit für mich in den letzten beiden Jahren. Bisher hatte ich den Eindruck, unser Herr Abt vertraut auf meine Einschätzung der Kandidaten. Auch wenn wir wenige sind, auch wenn uns die Berufungskrise schwer belastet, können wir einfach nicht jeden nehmen. Von den vier Kandidaten, die voriges Jahr hätten eingekleidet werden sollen, habe ich zwei abgelehnt.«

»Und Dinhofer war einer davon?«, fragte Urbanyi. Pater Sebastian nickte.

»Aber Ihr Abt hat nicht auf Ihre Entscheidung gehört?«, fragte Gaunersberg.

»Ja leider. Die zweite Ablehnung hat er mitgetragen. Aber bei Dinhofer war nicht mit ihm zu reden. Unzählige Male habe ich ihm versucht zu erklären, dass er nicht in unseren Konvent passt. Und dass das Humanum dieses hochdekorierten Wiener Diözesanpriesters sich einfach nicht mit unserem Klosterleben verträgt. Denn er war nicht gewillt, auf diese weltlichen und geistlichen Ehren zu verzichten. Er ist während seiner Kandidatur ständig im vollen Ornat der Domkapitulare herumgelaufen. Mit einem Brustkreuz, größer als jenes unseres Abtes. Das passt einfach nicht. Ich hatte große Sorge, dass dies Sprengstoff für unseren Konvent ist. Und die Fakten haben mir letztlich recht gegeben.«

»Sie meinen seine Ermordung?«, fragte Gaunersberg.

»Nein. Ich habe ja gesagt, es waren anfänglich vier Kandidaten. Einen hat unser Abt nach meinem Rat abgelehnt, doch alle anderen drei, Dinhofer eingeschlossen, wurden letztes Jahr eingekleidet. Doch die anderen beiden, Frater Leopold und Frater Virgil, zwei großartige junge Burschen mit – so meine ich – einer echten Berufung zum Klosterleben, sind zwei Wochen nach der Einkleidung gegangen. Und – auch wenn ich es nicht beweisen kann – ich bin überzeugt davon, dass sie von Dinhofer rausgeekelt wurden. Er hat keinen Hehl aus seiner Verachtung den beiden gegenüber gemacht. Es seien ja nur primitive Bauernbuben hier aus der Steiermark, ungebildet, unintelligent, unfähig. Das war gebetsmühlenartig von ihm zu hören. Das haben die beiden nicht ausgehalten. Mir tut es sehr leid um sie. Und mir tut es leid, dass unser Herr Abt sich nicht mehr bemüht hat, sie zu halten, und ...«

»... und dafür Dinhofer rauszuschmeißen«, fiel ihm Urbanyi ins Wort.

»Ja. Vermutlich wäre das gescheiter gewesen«, sagte Pater Sebastian. Dann senkte er den Blick und stützte den Kopf auf seine beiden Fäuste, während er sich mit den Ellbogen am Tisch abstützte. Man merkte ihm eine ziemliche innere Erregung an. Seine Wangen hatten nervöse rote Flecken bekommen, und in den Augenwinkeln bildeten sich Tränen.

»Sie trauern um die beiden Novizen?«, versuchte Gaunersberg den Gefühlsausbruch Pater Sebastians zu interpretieren.

»Ja. Die beiden waren mir während der Kandidatur sehr ans Herz gewachsen. So eine natürliche, ungespielte Frömmigkeit. Vielleicht ein wenig einfältig, zugegeben. Aber ehrlich. Von klein auf mit unserem Kloster verbunden. Der eine war der Sohn vom Eggbauer, drüben in Sankt Jakob. Der andere hier aus Ebental. Sein Vater hat als Gärtner bei uns gearbeitet, der ist letztes Jahr in Pension gegangen, hilft aber immer noch mit. Der Bub, Hans hieß er vor dem Eintritt, war schon als Kind mehr bei uns im Kloster als daheim. Ich bin überzeugt, die beiden wären gute Benediktiner geworden. Es muss ja nicht jeder Akademiker sein, oder? Aber das war dem Frater Sigmund ein Dorn im Auge. Wer nicht mindestens einen Doktorgrad hatte, galt in seinen Augen überhaupt nichts. ›Ein schlechter Akademiker kann auch kein guter Priester sein‹, sagte er immer wieder. Dabei kenne ich mehr A...« Wieder stockte Pater Sebastian.

»Ich weiß, was Sie jetzt sagen wollten«, sprang ihm Gaunersberg hilfreich bei. »Sie meinen, unter den Gebildeten und Doktoren gibt es auch sehr viele, vielleicht sogar mehr ›Persönlichkeiten‹, die man gerne mit einer Körperöffnung vergleichen würde?« Pater Sebastian nickte schweigend. Er kämpfte mit den Tränen. Nach einigen Augenblicken brach es dann aus ihm heraus:

»Wissen Sie, ich bin normalerweise ein sehr ruhiger Mensch. Ich hatte das Vertrauen unseres Abtes schon über viele Jahre, die jüngeren Mönche durfte ich alle begleiten. Und plötzlich wird dieses Vertrauen von einem Tag zum anderen zerstört. Plötzlich zählt mein Rat nichts mehr. Plötzlich werden großartige Menschen aus dem Kloster geekelt, aber jemand, von dem letztlich alle – bis auf unseren Abt – nichts halten, macht steile Karriere. Das kann unserem Haus nur schaden. Aber Abt Bartholomäus ist der Abt. Und eine Entscheidung zurückzunehmen, auch wenn er selbst merkt, dass es falsch war, fällt ihm sehr schwer. Oder ist sogar unmöglich für ihn. Für mich waren es sehr schwierige Monate. Ich stand knapp vor einem Burnout, eine befreundete Psychotherapeutin hat mich buchstäblich in letzter Sekunde herausgezogen. Und nun nehme ich brav die Medikamente, dass ich nicht wieder in ein solches Loch stürze.« Pater Sebastian nestelte aus der Tasche seines Habits ein großes weißes Stofftaschentuch hervor, wischte sich über die Augen und schnäuzte sich lautstark, dann sagte er entschuldigend:

»Es tut mir leid, dass ich jetzt so ausfallend wurde. Ich habe dem Abt Ehrfurcht und Gehorsam geschworen, aber das fällt mir in einer solchen Situation sehr schwer.«

»Wir können Sie verstehen«, sagte Gaunersberg. »Über ein Alibi brauche ich Sie nicht zu befragen, denn das bin ich ja selbst. Ich habe Sie über die ganze Zeit gestern Abend gesehen.«

21. Nächtliches Treiben

Lange lag Urbanyi noch wach. Er wusste nicht, ob es allein die ungewohnte Liegestatt in der Mönchszelle war oder die vielen Gedanken, die ihm durch den Kopf gingen. Er hatte Mitleid mit Pater Sebastian, der offenbar im Moment eine sehr schwere Zeit durchmachte. Er hatte auch Mitleid mit seinem alten Studienkollegen Pater Siegfried, der durch die Personalentscheidungen des Abtes schwer gekränkt war, aber zu verzeihen versuchte. Und da waren noch die anderen Mönche. Keiner von ihnen fand ein gutes Haar an DDr. Dinhofer. Jeder hätte allen Grund gehabt, ihn aus dem Weg zu räumen. Auf jeden Fall müsste doch noch Abt Bartholomäus befragt werden. Vielleicht konnte er ihnen seine Beweggründe erläutern, warum er DDr. Dinhofer so favorisierte. Vielleicht steckte da noch mehr dahinter als nur der

Respekt vor einer »hohen Persönlichkeit«. Mit diesen Gedanken schlief Urbanyi ein.

Gegen 1 Uhr morgens schreckte er von einem Geräusch auf. Er wusste vorerst nicht, ob er es vielleicht nur geträumt hatte, doch dann wiederholte sich das Klirren, das ihn eben aus dem Schlaf gerissen hatte. Urbanyi setzte sich an die Bettkante und bemühte sich, schnell in seine Lederschuhe zu schlüpfen, was ohne Socken aber gehörig schwierig war. Dann zog er schnell den Morgenmantel über, den ihm Pater Sebastian ins Zimmer gehängt hatte. Dieser spannte zwar stark über dem immer mächtiger werdenden Bauch des Pfarrers, den er beschönigend »Feinkostgewölbe« nannte, doch das war in diesem Augenblick nebensächlich. Er öffnete möglichst lautlos die Türe seiner Zelle und trat einen Schritt in den dunklen Gang hinaus.

»Uuuh aaah!«, entkam ihm ein Schreckenslaut. Denn seine Nase hatte gerade die Nase seines Gegenübers berührt, der unmittelbar vor der Türe gestanden hatte. Die dunkle Gestalt vor ihm packte ihn bei den Schultern. Urbanyi wollte sich dem Griff entwinden, doch dann hörte er die vertraute Stimme Gaunersbergs:

»Josef, ich bin es!«

»Was machst du mitten in der Nacht vor meiner Türe?«

»Ich wollte dich holen, dass wir nach den eigenartigen Geräuschen sehen können.«

»Hast du es also auch gehört?«

»Ja. Und es klang, als ob es aus dem Kreuzgang kam. Irgendwie habe ich es bei mir durch den Fußboden gehört.«

»Sollen wir Licht einschalten?«, fragte Urbanyi.

»Lieber nicht. Gewöhnen wir uns an die Dunkelheit. Sollten der oder diejenigen, die für diesen Lärm verantwortlich sind, nicht durch deinen Schrei gewarnt sein, wollen wir sie nicht noch mit Licht auf uns aufmerksam machen«, flüsterte Gaunersberg. Dann tappten die beiden an der Wand des Ganges entlang zu jener Wendeltreppe, die zum Kreuzgang hinabführte und mit der Urbanyis Hinterteil am Vortrag schon einmal intensiven Kontakt aufgenommen hatte. Als sie die Holztüre zum Kreuzgang öffneten, waren sie erstaunt, dass dieser hell erleuchtet war. Jemand hatte die Deckenbeleuchtung – drei altertümliche Laternen, die vor längerer Zeit elektrifiziert wurden – eingeschaltet. Neben dem Brunnenhaus kauerte ein Mönch auf dem Boden. Um ihn herum entdeckten Gaunersberg und Urbanyi zahllose bunte Glasscherben. Als sie auf das Mosaikfenster schauten, vor dem der Mönch kauerte, sahen sie, dass es völlig zerstört war.

»Es ist eine Katastrophe«, hörten sie nun die Stimme des Mönches. Sie klang weinerlich und wehklagend. Erkennen konnten sie noch nicht, wer es war.

Gaunersberg trat näher und bemühte sich, nicht auf die Glasscherben zu treten. Er dachte sich, vielleicht könnte ein geschickter Restaurateur den Schaden wieder beheben. In diesem Augenblick hob der Mönch den Kopf.

»Abt Bartholomäus?«, rief Urbanyi erstaunt aus. »Was tun Sie hier um diese Zeit?« Gaunersberg trat einen weiteren Schritt auf den Abt zu und versuchte, ihm aus der kauernden Stellung aufzuhelfen. Das Gesicht des Abtes war leichenblass, an seiner linken Hand waren einige Schnittwunden zu erkennen, Blut tropfte aus einer offenen Stelle beim Handgelenk.

»Das müssen wir verbinden!«, rief Urbanyi. »Haben Sie irgendwo einen Erste-Hilfe-Schrank?«

Der Abt wies auf die Eingangstüre zum Speisesaal und stöhnte:

»Links neben der Türe zum Saal. Bei der Garderobe.« Urbanyi eilte schnell zu dem Ort, den ihm der Abt gewiesen hatte, und wurde fündig. Ein großer, wohl sortierter Erste-Hilfe-Schrank hing dort mit dem unübersehbaren roten Kreuz an der Glastüre. Urbanyi öffnete ihn, nahm eine Mullbinde, die kleine Schere und die Flasche mit dem orangen Desinfektionsmittel heraus und kehrte zum Abt zurück. Dieser war inzwischen wieder auf den Beinen und hielt seinen linken Arm in die Höhe gestreckt, um die Blutung möglichst zu verlangsamen. Dabei bildete sich aber ein kleines Rinnsal, das vom Ärmel seines Habits aufgesogen wurde.

Nachdem Urbanyi die Hand des Abtes verbunden hatte, fragte Gaunersberg:

»Können Sie uns sagen, was geschehen ist?«

»Ich ... ich habe ein Geräusch gehört und wollte nachschauen. Aber ich habe nur die Pantoffeln an«, erklärte der Abt und zeigte mit dem Finger auf seine Füße, die in überdimensionalen Fellclogs steckten. »Irgendwie bin ich hier so dumm gestolpert, dass ich mit der Hand die Scheibe eingeschlagen habe. Oh nein. Dieses wertvolle Glasmosaik aus dem 17. Jahrhundert. Das ist unbezahlbar!«

»Seien Sie froh, dass Ihnen nicht mehr passiert ist!«, ermahnte ihn Gaunersberg. »Ein guter Restaurateur kann das sicher wieder hinkriegen.« Der Abt nickte wie ein kleines Kind, dem man eine Trostgeschichte erzählt, die es aber nicht wirklich glaubt.

»Welches Geräusch haben Sie gehört, Herr Abt?«, fragte Urbanyi.

»Es war wie das Knarren der Eingangstüre dort hinten. Sie wissen schon: Jene, die aus dem Klosterhof direkt in den Kreuzgang führt, »Alte Pforte« genannt. Ich habe die Prälatur ja genau darüber im Ersten Stock. Und es klang, als ob jemand diese Türe mit Gewalt öffnen wollte«, erklärte Abt Bartholomäus.

Gaunersberg ließ den Verletzten bei Urbanyi stehen und nahm die Türe an der Ecke des Kreuzganges in Augenschein. Sie war fest geschlossen. Von innen wie von außen musste man den Klausurschlüssel zum Öffnen verwenden. Gaunersberg steckte seinen Schlüssel ins Schloss und drehte ihn herum. Die Türe sprang auf, und das fahle Mondlicht warf einen Strahl auf den Steinboden des Kreuzganges. Gaunersberg zückte sein Mobiltelefon, schaltete die Taschenlampe ein und beäugte das Schloss an der Außenseite genau.

»Ich kann hier keine Spuren von Gewaltanwendung erkennen. Wenn, dann muss der Eindringling doch einen Schlüssel gehabt haben. Vielleicht ist einer Ihrer Mönche später nach Hause gekommen?«, sagte Ludwig, als er von der Türe zu Abt und Pfarrer zurückkam.

»Ja, das ist vielleicht möglich«, bekannte der Abt. »Ich glaube, ich sollte mich jetzt hinlegen.«

»Wir begleiten Sie nach oben. Wir haben unsere Zimmer ... äh ... Zellen ja auch auf dem gleichen Gang«, bot Gaunersberg an. Gemeinsam gingen sie zur Freitreppe, weil sie mit dem Abt nicht über die Wendeltreppe nach oben steigen wollten. Vor der Prälatur bedankte sich Abt Käsmann nochmals herzlich bei seinen beiden Rettern und verschwand im Zimmer.

»Eines ist eigenartig, Ludwig«, dachte Josef Urbanyi laut nach.

»Was?«

»Schau uns an. Du hast deinen Trainingsanzug an, ich den Pyjama und den Morgenmantel«, begann Urbanyi.

»... der dir um vier Nummern zu eng ist«, grinste Gaunersberg.

»Das tut jetzt nichts zur Sache. Was ich meine: Wenn der Abt von einem Geräusch geweckt wurde und hinunterging, um nachzuschauen – wieso ist er dann völlig angezogen? Hat er sich noch die Zeit genommen, sich anzuziehen, bevor er auf die Suche nach der Ursache des Geräusches ging?«, antwortete Urbanyi.

»Du hast recht, Josef«, gab Gaunersberg zu. »Das ist mir in der Eile jetzt gar nicht aufgefallen. Ich meine, da müssen wir ihn morgen früh nochmals genauer danach fragen. Aber jetzt ab ins Bett. Morgen früh ist die Nacht rum. Und ich will beim Morgengebet der Mönche dabei sein. Einerseits gefällt es mir sehr gut, andererseits sehe ich vielleicht etwas, das der Aufklärung dienlich ist.

Urbanyi nickte, und beide verschwanden in ihren Zellen. Die restliche Nacht sollte ruhig verlaufen. Aber auch viel zu kurz, denn Josef Urbanyi hatte den Eindruck, sein auf dem Mobiltelefon eingestellter Wecker läutete knapp nachdem er eingeschlafen war. Doch in Wirklichkeit waren vier Stunden vergangen.

22. Verwickelt in Widersprüche

Ludwig Gaunersberg war noch recht müde, als er sich auf seinen ihm zugewiesenen Platz im Chorgestühl der Klosterkirche begab. Pater Sebastian hatte ihm bereits die richtige Seite der Chorbücher aufgeschlagen, denn das Fest der Erzengel brachte den Mönchen eine Abwechslung im sonstigen Wochenlauf ihres Chorgebetes. Einige Zusatzblätter waren nötig. Die Mönche bemühten sich redlich, die ihnen nicht ganz geläufigen Melodien der Hymnen und Psalmen zu singen. Dinge, die nur einmal pro Jahr vorkommen, gehen nicht so flüssig von der Hand – oder besser: von den Stimmbändern – als die immer gleichbleibenden Melodien des Psalters, die sich alle 2 Wochen wiederholten. Pfarrer Josef Urbanyi feierte mit dem Abt und Pater Siegfried, der sich sichtlich wieder erholt hatte, am Altar die heilige Messe, während Gaunersberg und die übrigen Mönche vom Chorgestühl aus mitbeteten.

Beim Frühstück bat Gaunersberg dann Abt Bartholomäus, ihnen ein wenig Zeit für ein kurzes Gespräch zu schenken. Der Abt willigte ein und bat Urbanyi, ihm den Verband an seiner Hand zu wechseln, denn dieser sei während des Schlafes ein wenig verrutscht. So nahm Pfarrer Urbanyi noch eine Mullbinde aus dem Erste-Hilfe-Schrank, weiters die Schere und das Desinfektionsmittel und brachte alles mit, als er und Gaunersberg zehn Minuten nach Ende des Frühstücks bei Abt Käsmann eintrafen.

»Herr Abt, zuerst die Frage: Wie geht es Ihnen?«, begann Gaunersberg, nachdem Urbanyi den Verband an der äbtlichen Hand gewechselt hatte. Abt Bartholomäus hob den linken Arm und sagte:

»Besser als gefürchtet. Bei der guten medizinischen Versorgung!« Dabei blickte er dankbar zu Pfarrer Urbanyi. Dann setzte Gaunersberg fort:

»Was uns nicht ganz klar ist, Herr Abt. Als Sie gestern Nacht – oder besser heute Nacht, denn es war ja schon nach Mitternacht – das Geräusch hörten, da lagen Sie ja im Bett, oder?«

Der Abt nickte, weil er nicht ganz verstand, worauf Gaunersberg hinauswollte.

»Nun, ich nehme an, dass auch ein Abt zum Schlafen einen Pyjama oder Ähnliches trägt, oder?«, setzte Gaunersberg fort. Abt Bartholomäus fuhr nervös herum, die Äderchen auf seinen Wangen traten hervor. Aber er nickte nur als Antwort zur Gaunersbergschen Frage.

»Wie kommt es dann, Herr Abt, dass Sie vollständig angezogen waren, als wir Sie unten im Kreuzgang fanden?«, fragte nun Gaunersberg weiter.

»Ich ... ich habe nur schnell den Habit über den Pyjama übergeworfen. Ich wollte nicht im Pyjama hinaus«, versuchte der Abt zu erklären. Jetzt mischte sich Urbanyi in das Gespräch ein:

»Herr Abt, ich glaube aber nicht, dass Sie in der Nacht eine blaue Jeans als Pyjama tragen. Und die Beine dieser Hose habe ich genau gesehen, als wir Ihnen aufgeholfen haben.« Gaunersberg warf einen anerkennenden Seitenblick auf Urbanyi. Einerseits hatte er ihn in der Nacht überhaupt erst auf die Frage nach der Kleidung gebracht, andererseits bewunderte er seinen Freund, dass ihm dieses kleine Detail im Trubel der Hilfeleistung aufgefallen war. Abt Bartholomäus sprang erbost von seinem Sitzplatz auf der großen barocken Couch auf.

»Das ist eine freche Anmaßung!«, schrie er die beiden Männer an. »Was sollen Sie mir unterstellen?«

»Wir wollen Ihnen überhaupt nichts unterstellen, wir wollen nur die Situation verstehen«, sagte Gaunersberg völlig ruhig, doch der Abt wurde noch lauter:

»Ich meine, unser Gespräch ist jetzt beendet. Verlassen Sie die Prälatur!«

»Herr Abt, das würde ich jetzt nicht tun«, sagte nun Pfarrer Urbanyi ruhig. »Sie und wir sind doch an der Klärung des Falles interessiert und ...«

»... und das hat GAR NICHTS damit zu tun, dass ich in der Nacht gestürzt bin. Und schon GAR NICHTS damit, was ich angezogen hatte oder nicht!«, brüllte der Abt, und seine Stimme verwandelte sich in ein fast unverständliches Quietschen. Danach schien er sich aber wieder in den Griff zu bekommen und setzte sich hin.

»Entschuldigen Sie, aber die ganze Sache zerrt sehr an meinen Nerven«, bemühte er sich jetzt wieder um einen freundlichen und sachlichen Ton. Gaunersberg machte eine beschwichtigende Handbewegung, dann sagte er:

»Herr Abt, wenn die Sache nichts mit dem Fall Dinhofer zu tun hat, können wir doch in Ruhe darüber reden.«

»Vielleicht hat sie doch ein klein wenig damit zu tun«, gab der Abt jetzt kleinlaut zu. »Sie haben recht. Es war kein Geräusch, das mich nächtens in den Kreuzgang gehen ließ. Ich war kurz auf der Hochschule drüben und wollte nicht, dass mich jemand sieht.«

»Und das machen Sie in Hausschuhen?«, fragte Urbanyi nach.

»Das war ein Fehler. Ich habe einfach vergessen, meine Schuhe anzuziehen«, antwortete der Abt, und

Urbanyi konnte dies durchaus verstehen, stand er doch auch schon wiederholte Male mit seinen Pantoffeln in der Sakristei, um die Messe zu feiern. Ein Grinsen lief über seine Mundwinkel, weil er sich an Mesner Adis spitze Bemerkungen erinnerte, wenn ihm so ein Missgeschick passiert war.

»Was gibt es da zu grinsen?«, fragte der Abt erbost, und Urbanyi setzte sofort ein ernstes Gesicht auf:

»Das hat nichts mit Ihnen zu tun, Herr Abt. Ich habe mich nur daran erinnert, dass mir das auch schon ein paar Mal passiert ist.«

»Was?«, fragte Abt Käsmann mit noch immer hochrotem Kopf.

»Dass ich vergessen habe, mir Schuhe anzuziehen. Und dann in Pantoffeln in der Sakristei stand«, erklärte Urbanyi. Gaunersberg schüttelte den Kopf, dann sagte er:

»Gut, Herr Abt. Sie sind also nach Mitternacht noch in die Hochschule hinübergegangen. Könnten Sie uns sagen, zu welchem Zweck?«

Der Abt rieb nervös die Hände aneinander. Er schwieg eine Weile, dann begann er:

»Ich wollte im Dekanat nach einem Akt sehen«

»Um Mitternacht?«

»Ich arbeite oft länger.«

»Und das hätte nicht bis heute Zeit gehabt?«, fragte Gaunersberg. Wieder schwieg der Abt.

»Herr Abt, wäre es nicht Zeit für die Wahrheit?«, fragte Urbanyi. Und dann fasste er sich ein Herz und sprach eine Vermutung aus, die ihn während der letzten Tage richtiggehend verfolgt hatte:

»Herr Abt, kann es sein, dass es vor ein paar Tagen einen heftigen Streit zwischen Ihnen und Frater Sigmund gegeben hat?«

»Wieso?«, fragte der Abt nervös.

»Weil es einen Zeugen gibt, der jemanden mit Dinhofer streiten hörte. Und diese zweite Person hatte in der Erregung eine – sagen wir – sehr hohe Stimme, fast ein Quietschen. Und entschuldigen Sie, wenn ich Ihnen hier zu nahe trete. Bei Ihnen habe ich so ein Quietschen gerade eben zum zweiten Mal gehört. Also nochmals die Frage: Haben Sie mit Frater Sigmund gestritten, vielleicht sogar zu ihm gesagt ›Ich warne dich‹?«

Abt Käsmann senkte betreten den Kopf. Dann nickte er in Zeitlupentempo.

»Ich glaube, es ist Zeit, Ihnen die ganze Geschichte zu erzählen«, begann er dann. Gaunersberg und Urbanyi richteten sich kerzengerade auf. Jetzt könnte eine entscheidende Wendung in diesem Fall eintreten. Abt Käsmann blickte sich kurz im Raum um, als könnte er den Anfang seiner Geschichte von der Decke oder irgendwo von den Wänden ablesen, dann erzählte er:

»Meine Mitbrüder glauben, ich habe einfach in meiner Souveränität als Abt gehandelt, als ich DDr. Franz Dinhofer gegen den Willen von Pater Sebastian im Kloster aufgenommen habe. Oder als ich entschied, dass er Novize werden durfte, obwohl mir alle abgeraten haben. Oder als ich ihm ein verkürztes Noviziat zugestanden habe. Oder auch, als ich ihn zum Dekan unserer Hochschule ernannt habe. So ist das aber nicht.«

In die Gedankenpause sagte Gaunersberg ruhig:

»Danke, Herr Abt, dass Sie uns die ganze Geschichte erzählen. So ist es nicht. Wie ist es dann?« Abt Käsmann setzte fort:

»Sie müssen mir glauben, dass ich in meiner Entscheidung nicht frei war. Ich stand unter großem Druck. Dinhofer hatte mich buchstäblich in der Hand.«

»Womit?«, fragte Gaunersberg.

»Sagen wir, er hatte Wissen über mich, das meinen Ruf endgültig ruinieren könnte und auch das Kloster in schwere Bedrängnis gebracht hätte«, umschrieb der Abt das Problem.

»Könnten Sie etwas genauer werden, Herr Abt?«, bat Urbanyi. Der Angesprochene rutschte nervös auf seinem Sitzplatz hin und her.

»Wenn ich Ihnen das jetzt sage, kann es sein, dass ich mein Amt verliere«, beteuerte Abt Käsmann.

»Herr Abt, wir sind an der Lösung des Falles Dinhofer interessiert. Andere Dinge sind im Moment zweitrangig. In welchem Bereich hatte er Sie in der Hand?«, insistierte Urbanyi.

»Plagiat«, murmelte der Abt.

»Plagiat?«, fragte Gaunersberg erstaunt.

»Ja, Plagiat!«, sagte Abt Bartholomäus nun laut. »Dinhofer hat irgendwann vor 2 Jahren meine Doktorarbeit genau geprüft und festgestellt, dass ich damals eine Arbeit eines amerikanischen Mitbruders ins Deutsche übersetzt und als meine Arbeit ausgegeben habe. Das bedeutet den Verlust meines Doktorats, vielleicht sogar Suspendierung im Orden.« Abt Käsmann sackte in sich zusammen.

»Keine Sorge, Herr Abt, wir sind keine Plagiatsjäger. Diese wissenschaftliche Haxl-Beißerei interessiert uns nicht. Aber wir verstehen jetzt Ihre Angst«, bestätigte Gaunersberg. »Wegen dieses Plagiates hat Sie Dinhofer erpresst?«

»Ja. Und weil er in Graz als Dekan abgelehnt wurde, wollte er sich bei uns profilieren. Unsere Hochschule hat einen guten Ruf, weit über die Grenzen Österreichs hinaus. Da wollte er sich noch mit einigen Ehrentiteln oder Ähnlichem schmücken. Und er hat von mir alles bekommen, weil er drohte, mit dem Plagiatsbeweis an die Öffentlichkeit zu gehen«, erklärte Abt Käsmann.

»Und was war der Inhalt des Streites?«, wollte nun Urbanyi wissen.

Der Abt lehnte sich zurück und rieb sich beide Augen mit den Fingern. Dann begann er, weiterzuerzählen:

»Dinhofer hatte nicht genug damit, dass ich ihn zum Dekan ernannt habe. Er wollte, dass ich ihn in Rom für einen Ehrentitel vorschlage. Doch Papst Franziskus hat diese Titel ja abgeschafft. Dinhofer hat gemeint, ich hätte genügend Verbindungen, um hier eine Ausnahme zu erwirken, da bin ich wild geworden und habe ihn gewarnt, dass ich – ohne Rücksicht auf meinen Ruf – die ganze Erpressung öffentlich machen würde, wenn er jetzt nicht endlich Ruhe gibt!« Man merkte dem Abt an, wie ihn die Sache innerlich erschütterte.

»Und heute Nacht?«, fragte Gaunersberg.

»Ich war mir sicher, dass Dinhofer die Unterlagen der Plagiatsprüfung irgendwo in seinem Büro im Dekanat hatte. Und die wollte ich holen und vernichten«, antwortete Abt Käsmann.

»Aber das ist Ihnen nicht gelungen«, setzte Gaunersberg fort.

»Nein. Weil ich Blödmann mit den Schlapfen runtergegangen und auf dem glatten Boden des Kreuzganges ausgerutscht bin. Schon am Weg zur Hochschule. Ich war ja gar nicht dort.«

»Herr Abt, einerseits danken wir Ihnen für Ihre Aufrichtigkeit. Andererseits müssen Sie zugeben, dass Sie uns gerade ein perfektes Mordmotiv geliefert haben«, sagte Gaunersberg. »Und wenn ich mich an Ihre Schuhgröße erinnere, dann war das bei den Pantoffeln 46. Genau diese Schuhgröße haben wir auch bei einem Abdruck im Gartenhaus in unmittelbarer Nähe des Toten gefunden. Ich hoffe, Sie sind einverstanden, dass wir Ihre Schuhe untersuchen lassen?« Abt Bartholomäus nickte resignierend, dann sagte er fast unhörbar:

»Bitte glauben Sie mir. Ich war zwar fuchsteufelswild auf Frater Sigmund. Aber ich habe ihm nichts angetan. Ich weiß, es deutet alles auf mich hin, aber ich war es wirklich nicht. Bekomme ich jetzt Schwierigkeiten wegen des Plagiates?«

»Wie schon gesagt, wir sind keine Plagiatsjäger«, wiederholte Gaunersberg. »Dafür sind andere zuständig. Für uns zählt nur, ob Sie in den Mord an DDr. Franz Dinhofer als Täter, als Mittäter oder als Mitwisser verwickelt sind.«

»Nichts von alledem«, beteuerte Käsmann, und die zwei Männer verließen die Prälatur.

23. Erntedank

Als Pfarrer Josef Urbanyi aus der Prälatur auf den Gang hinaustrat, vibrierte sein Handy in der Hosentasche. Er zog es heraus und las auf dem Display »Adi ruft an«.

»Ja?«, meldete sich der Pfarrer.

»Kommst du?«, fragte sein Mesner.

»Wohin?«

»Na zur Probe der Erntedankfeier im Kindergarten.«

»Wann?«

»Jetzt!«

Urbanyi fuhr herum. In seinem Kriminalisteneifer hatte er völlig vergessen, dass er für den Morgen dieses Tages der Kindergartenleiterin versprochen hatte, bei der Probe zur Erntedankmesse dabei zu sein, die am kommenden Sonntag stattfinden sollte.

»Sag der Kindergärtnerin, ich komme in einer Dreiviertelstunde. Sie sollen einstweilen die Lieder üben«, rief Urbanyi ins Telefon, legte auf und sagte zu Gaunersberg:

»Ich muss schnell zurück in die Pfarre. Ich hab auf einen Termin vergessen.« Dann holte er seine Habseligkeiten aus der Zelle und eilte über die Treppe nach unten, um über den Kreuzgang zum Klosterhof und von dort zum Parkplatz zu gelangen.

Nach 50 Minuten bog Urbanyi über die Heßgasse zum Kirchenplatz in Wimpassing ein. Auf dem Weg hatte es zweimal hinter ihm verdächtig geblitzt. Mit Schaudern dachte der Pfarrer wieder an das süffisante Grinsen seiner vielgetreuen Sekretärin Margot, wenn sie die Briefe mit den Polizeistrafen fürs Schnellfahren öffnete. Aber das musste er heute in Kauf nehmen. Sein Kindergarten war ihm wichtig. Als er aus dem Auto ausstieg, kam Katharina Müller, seine Kindergartenleiterin, gerade aus der Kirche und winkte ihm freundlich zu.

»Herr Pfarrer, wir haben schon alles vorbereitet. Die Kinder haben gerade die Lieder geübt. Jetzt würden wir gerne den Einzug mit Ihnen einmal durchmachen«, rief sie, und in diesem Augenblick strömten etwa 30 Kinder mit dicken Jacken und Hauben aus der Kirche. Jedes hatte ein kleines Körbchen mit Obst oder Gemüse in Händen, zwei trugen gemeinsam einen größeren Korb mit einem Laib Brot, und zwei Kinder zogen den kleinen Leiterwagen, der über das Jahr hin dem Kindergarten für verschiedene Zwecke diente. Auf dem Leiterwagen erkannte Urbanyi einen »Plutzer«, wie die großen Speisekürbisse mit der fahl-orangen Außenfarbe hier genannt wurden. Nun hatten sich alle Kinder im Kreis auf dem Kirchenplatz versammelt, der Leiterwagen stand in der Mitte. Mit einem Danklied an Gott als Schöpfer alles Guten begann nun der Einzug. Hinter der bunten Kinderschar, die von Katharina Müller angeführt wurde, welche zur Sicherheit eines der kleinsten Kinder an der Hand hielt, um so die Geschwindigkeit des Zuges vorzugeben, ging nun Urbanyi einher und freute sich bereits auf die schöne Messe am Sonntag. Beim Altar angekommen, stellten die Kinder ihre Körbchen auf die Altarstufen und gingen dann in die ersten Bankreihen. Der Einzug hatte perfekt geklappt. Katharina Müller strahlte, der Pfarrer freute sich. Aber er wollte »seine Kinder« jetzt nicht einfach so zurück in den Kindergarten schicken. Wenn er sich schon einmal die Zeit nahm, mit dem Kindergarten etwas zu machen, dann sollte es auch ordentlich sein. Deshalb begann er eine kleine Dialogpredigt über den lieben Gott, dem wir täglich danken können. Und dann forderte er die Kinder auf, in die Körbchen zu sehen und zu rufen, wofür wir Gott danken.

»Für die Paprika und Paradeiser, weil die so gut schmecken«, rief der kleine Kevin, der meist einer der Vorlautesten im Kindergarten war. Einige seiner Freunde kicherten. Und Charlene setzte fort:

»Und für die Gurken, das ist ein soooo guter Salat, wenn ihn die Gabi macht.« Gabi war die neue Köchin des Kindergartens. Die Kinder hatten sie sofort ins Herz geschlossen, weil sie nicht nur ausgezeichnet kochte, sondern es auch verstand, den Kindern nicht so beliebte Gerichte wie Spinat schmackhaft zu machen.

»Aber für den Spinat danken wir nicht!«, rief auf einmal der kleine Justin heraus.

»Doch!«, erwiderte ihm Charlene. »Aber nur, wenn ihn die Gabi macht. Da schmeckt sogar der Spinat.«

»Und was ist denn das?«, fragte Pfarrer Urbanyi und zeigte mit dem Finger auf den großen Kürbis im Leiterwagen. Kurz blieb es still. Die Kinder reckten ihre Köpfe, weil sie offenbar über die hohe Bank nicht auf den Leiterwagen schauen konnten. Deshalb hatte Urbanyi eine Idee. Er ging flugs zu dem kleinen hölzernen Gefährt und wollte den Kürbis herausheben. Ein wenig auch, um den Kindern zu zeigen, wie stark er war. Als er den großen Kürbis mit beiden Händen packte, hörte er ein erschrecktes »Nein« von Katharina Müller. Doch da war es schon zu spät. Denn er Kürbis war reif. Nein, er war überreif. Und er sollte die Hebeaktion des Pfarrers damit beantworten, dass er aufplatzte und sich eine faulig-trübe Flüssigkeit über die Hose des Pfarrers, über den Leiterwagen und den Steinfußboden der Kirche ergoss. Die Kinder jauchzten vor Vergnügen, als sie das Missgeschick des Pfarrers sahen. Katharina Müller hatte Sorgenfalten auf der Stirne und schüttelte fast unmerklich den Kopf.

»Ich glaube, da müssen wir bis Sonntag nochmals aufwaschen«, sagte Pfarrer Urbanyi, um die Situation zu retten. »Und ich werde mich auch umziehen müssen.«

Nach diesem abrupten Ende der Erntedank-Probe ging Urbanyi kleinlaut ins Pfarrbüro, wo Margot Wendberg gerade am Monatsabschluss für den September saß. In ihrer Konzentration blickte sie nicht auf. Doch als der Pfarrer vor ihrem Schreibtisch stand, schnupperte sie, hob den Kopf und ließ ihren Blick an der stattlichen Figur des Pfarrers von oben nach unten gleiten.

»Der Kürbis?«, fragte sie und versuchte noch, ihr Grinsen zu beherrschen. Urbanyi nickte. Dann lachten beide im Duett los.

»Ich glaube, es ...«, begann Urbanyi

»... müsste in der Kirche geputzt werden. Alles klar. Mach ich dann nachher. Jetzt muss ich die 2 Cent suchen, um die meine Abrechnung nicht stimmt«, setzte Wendberg den Satz Urbanyis fort. Er griff in die Hosentasche und klaubte aus dem kleinen Häufchen Münzen, die er für alle Fälle eingesteckt hatte, ein 2-Cent-Stück heraus.

»Hilft Ihnen das?«, fragte er grinsend, als er feierlich seiner Sekretärin das 2-Cent-Stück in die Hand gedrückt hatte. Er wusste, dass er sie damit ärgerte, aber es steckte ihm einfach der Schalk im Nacken, diesen Scherz jedes

Mal anzuwenden, wenn ihr irgendwo ein kleiner Fehler in der Abrechnung unterlaufen war.

»Nein, aber ich nehme es trotzdem!«, sagte Wendberg mit säuerlichem Grinsen. »Wenn ein Mann einer Frau einmal freiwillig Geld gibt, dann soll man es nicht ablehnen.« Flugs hatte sie die kleine Kupfermünze in der Brusttasche ihrer Bluse verschwinden lassen.

»Ich glaube, Sie sollten sich umziehen«, sagte Wendberg und schnupperte nochmals zum Unterstreichen ihrer Aussage. Urbanyi stieg in den ersten Stock hinauf, suchte schnell eine Ersatzhose in seinem Kleiderschrank und steckte die befleckte und übel riechende Jeans in die Waschmaschine.

»Sie können mir die Hose zum Waschen mitgeben!«, hörte er in diesem Moment seine Sekretärin aus dem Erdgeschoss rufen. Wie konnte sie wissen, was er gerade tat? Diese Frage kam ihm immer wieder. Doch nach so vielen Jahren musste er endlich zur Kenntnis nehmen, dass seine Sekretärin offenbar Gedanken lesen konnte (zumindest seine), Ohren hatte wie ein Luchs und ein Kombinationsvermögen, mit dem sie noch Albert Einstein geschlagen hätte. Also zog er die Hose wieder aus der Waschmaschine, suchte sich eine Plastik-Einkaufstasche – die immer seltener wurden – und brachte die Tasche samt Hose zu seiner Sekretärin. Diese deutete dezent auf seine Leibesmitte und sagte:

»Wenn Sie jetzt noch den Zippverschluss zumachen, können Sie wieder rausgehen. Ich nehme an, Sie fahren wieder nach Ebental?«

»Ja, aber ich glaube, wir werden heute den Fall lösen können«, bestätigte Urbanyi.

»Und der Erzbischof, was wird er dazu sagen?«, fragte Margot grinsend.

»Wenn er es nicht erfährt, gar nichts«, antwortete Urbanyi und hob zum Spaß drohend seinen Zeigefinger.

»Keine Sorge, ich verrate Sie nicht«, sagte Wendberg. »Hoffentlich der Adi auch nicht.«

Wie auf Kommando schwang in diesem Moment die Bürotüre auf, und Adi Ostermann steckte seinen Kopf herein. Als er Pfarrer und Sekretärin erblickte, sagte er mit ernster Miene:

»Was ist das für eine Sauerei beim Altar vorne? Das stinkt ja erbärmlich!«

»Mir ist ein Plutzer geplatzt«, sagte Urbanyi kleinlaut.

»Dich kann man nimmer lang allein lassen«, blaffte der Mesner und wollte die Türe schon wieder zuziehen, als Wendberg ihm noch nachrief:

»Adi, ich mache das gleich sauber!«

»Hab ich schon gemacht«, antwortete dieser. »Ich wollte nur den Schuldigen sehen. Obwohl es mir ja eh klar war, wer so was veranstaltet«, grinste Ostermann. »Ich hole mir noch einen Kaffee im Gruppenraum oben. Trinkst du auch einen, Josef?« Urbanyi ließ es sich nicht zweimal sagen, und beide setzten sich mit dem schwarzen, dampfenden Getränk, das gut dafür geeignet war, die Lebensgeister wieder wachzurufen.

»Wie geht's mit eurem Fall?«, fragte Adi, nachdem er den ersten Schluck genommen hatte. Urbanyi rührte noch in der Tasse, denn der Kaffee war ihm viel zu heiß. Er bewunderte seinen Mesner, wie dieser das glühend heiße Gebräu trinken konnte, ohne mit der Wimper zu zucken. Schon beim Zuschauen fühlte Urbanyi, wie kleine Brandbläschen in seiner Mundhöhle entstanden.

»Dein Hinweis war goldrichtig, Adi«, lobte Urbanyi. »In der Cola-Flasche war E 605. Das wollte offenbar jemand entsorgen, um Spuren zu verwischen.«

»Und? Wisst ihr schon, welcher Mönch es war?«, fragte Adi weiter.

»Nein. Kannst du dich nicht an irgendwelche Einzelheiten erinnern?«, sagte Urbanyi und zuckte bedauernd mit den Schultern.

»An die Schuhe!«, platzte es plötzlich aus Adi heraus. »Als der Kerl sich auf sein Rad geschwungen hat, da habe ich unterm Habit die Schuhe gesehen. Und mich noch gewundert. Denn das waren so himmelblaue Laufschuhe mit gelben Rändern an der Sohle. Ich dachte mir, die

Mönche tragen entweder Sandalen oder schwarze Schuhe.«

»Himmelblaue Schuhe mit gelben Rand?«, fragte Urbanyi zurück, und Adi Ostermann nickte.

»Danke dir. Das hilft uns bestimmt weiter«, sagte Urbanyi, dann trank er einen Schluck Kaffee, der immer noch dazu angetan war, ihm Zunge samt Rachen zu verkochen.

»Ich hab heute eine Annonce gelesen. Die suchen jemanden«, begann Adi plötzlich, ohne dass Urbanyi den Zusammenhang verstand.

»Eine Annonce über was? Wen sucht wer?«, fragte er deshalb.

»Also langsam zum Mitschreiben, damit es auch der Herr Pfarrer versteht«, ätzte Ostermann. »Das Kloster Ebental hat in den Bezirkszeitungen inseriert, dass sie eine Reinigungskraft für den Großputz nächste Woche suchen. Ich könnte mich dort ja bewerben. Vielleicht finde ich dann de Bock!« Urbanyi nickte zustimmend. Auch wenn er ursprünglich aus Ungarn kam, hatte er als Kind bereits Deutsch gelernt und sich in den letzten 20 Jahren an die Sonderausdrücke des Schwarzataler Dialekts gewöhnt. Mit »de Bock« meinte Adi die Schuhe, die er an dem flüchtenden Mönch beobachtet hatte.

»Adi, das ist eine super Idee! Aber nicht, dass du mir ganz in Ebental bleibst«, sagte Urbanyi.

»Keine Sorge. Die gute Küche von meiner Hilde lässt mich sehr schnell Heimweh kriegen!«, scherzte Adi und trank den letzten Schluck aus seiner Kaffeetasse.

»Ich nehme mir den Kaffee mit ins Büro, ich schau noch über die Post. Dann fahre ich nach Ebental«, erklärte Urbanyi, und Adi Ostermann setzte hinzu:

»Und ich rufe gleich die Nummer auf der Annonce an und frage, ob ich kommen kann. Vielleicht sehen wir uns heute noch dort.«

24. Ein brisanter Anruf

Pfarrer Josef Urbanyi war, bewaffnet mit seiner Kaffeetasse, ins Pfarrbüro zurückgekehrt und hatte sich an seinen Schreibtisch gesetzt. Neben der üblichen chaotischen Struktur seines Arbeitsplatzes fiel ihm ein fein säuberlich aufgestellter Stapel von Briefen ins Auge.

»Frau Wendberg, was ...?«, wollte er deshalb seine Sekretärin fragen.

»Die Einladungen zur nächsten Seniorenjause. Schauen Sie durch, ob irgendeine fehlt oder etwas falsch ist«, rief Wendberg aus dem anderen Büroraum. »Hellseherin!«, dachte sich Urbanyi und las die Adressen. Eigentlich hätte er sich die Arbeit sparen können. Er konnte nicht verstehen, warum seine vielgetreue Sekretärin in dieser Beziehung so unsicher war. Noch nie hatte eine Adresse gefehlt oder Fehler aufgewiesen. Aber er erfüllte ihr den Wunsch, überflog alle Kuverts und rief dann:

»Alles O. K., Margot. Können wir so wegschicken!«

Dann startete Urbanyi seinen Computer, um die Predigt für den Erntedanksonntag zu Papier zu bringen. Doch in diesem Augenblick läutete das Telefon auf seinem Schreibtisch. Als Urbanyi aufs Display sah, wurde ihm heiß, und kleine Schweißperlen traten auf seine Stirn. »Erzbischof« zeigten die Leuchtbuchstaben seines Telefons.

»Pfarrer Josef Urbanyi. Grüß Gott!«, meldete er sich, als ob er nicht wüsste, wer am anderen Ende der Leitung war.

»Grüß Gott, lieber Urbanyi«, hörte er die schon etwas zittrige Stimme des greisen Kardinals. »Wie geht es denn so?«

»Herr Kardinal, Sie fragen doch nicht ohne Grund«, traute sich Urbanyi zu sagen.

»Ja, das stimmt. Ich habe mit dem Abt von Ebental telefoniert. Und er hat mir gesagt ...«

»... dass ich schon wieder in einem Kriminalfall ermittle?«, nahm Urbanyi seinem Vorgesetzten das Wort aus dem Mund.

»Ja schon, aber lassen Sie mich ausreden, mein lieber Urbanyi. Abt Bartholomäus hat mich gebeten, dass Sie weiter an dem Fall dranbleiben sollen. Er setzt große Hoffnung in Sie und diesen Gau ... Gaun ...« – »Gaunersberg«, half Urbanyi. »Ja, Gaunersberg, dass Sie den tragischen Fall bald lösen können. Und vielleicht kann ich auch was beitragen.«

Urbanyi wurde hellhörig.

»Ich bin für jeden Hinweis dankbar, Eminenz«, sagte er ins Telefon.

»Passen Sie auf, Urbanyi. Dieser Dinhofer war ein schwieriger Mensch. Das kann ich als sein Vorgesetzter aus leidvoller Erfahrung sagen. Der hat nichts unversucht gelassen, um seine eigene Karriere zu unterstützen. Die Seminaristen in meinem Priesterseminar waren ihm eigentlich egal. Hauptsache, er war präsent bei irgendwelchen offiziellen Anlässen. Unter dem Bürgermeister hat er es ja nicht getan. Am liebsten wäre er täglich mit dem Bundespräsidenten essen gegangen. Also, das war jetzt übertrieben, aber lieber Urbanyi, Sie verstehen, was ich meine?«

»Ja, voll und ganz, Eminenz, sprechen Sie weiter«, bat Urbanyi.

»Nun, der Dinhofer ist mir damals vom Generalvikar als Regens vom Seminar wärmstens empfohlen worden. Ich weiß nicht, wo mein GV da hingeschaut hat. Ich hab die Entscheidung schnell bereut. Aber Sie wissen ja, ein kirchlicher Würdenträger kann Fehler oft nicht gut eingestehen, diese Tugend fehlt uns sehr häufig.« Urbanyi grinste. Mit dieser Selbsteinsicht hatte der alte Kardinal dem Abt von Ebental, der altersmäßig sein Sohn sein könnte, einiges voraus. Der Kardinal setzte fort:

»Sie können sich vorstellen, lieber Urbanyi, dass ich nicht unglücklich war, wie der Dinhofer vor 2 Jahren von sich aus als Regens zurückgetreten ist. Und ich weiß, es war nicht ganz fair von mir, dass ich den Abt von Ebental nicht vorgewarnt habe. Der muss ja einen Narren gefressen haben an diesem Dinhofer ...«

»Hat er nicht«, warf Urbanyi ein. »Dinhofer hat den Abt erpresst. Aber ich will Sie mit Einzelheiten jetzt nicht belasten, Herr Kardinal.«

»Sie brauchen mich nicht zu schonen. Käsmann hat sozusagen Selbstanzeige wegen des Plagiats erstattet. Aber ich habe ihn beruhigt. Auch wenn ihm die Uni den Doktortitel wegnimmt, seine Priesterweihe ist ein character indelebilis, ein unauslöschliches Prägemal, die kann ihm keiner wegnehmen. Aber wem sage ich das, lieber Pfarrer, Sie haben ja selber auch Theologie studiert«, setzte der Kardinal fort und verfiel vom Lachen in ein rasselndes Husten, sodass sich Urbanyi ernste Sorgen um seinen Vorgesetzten machte. Der Kardinal hatte sich aber bald wieder gefangen, räusperte sich kräftig und setzte fort:

»Und auch als Abt braucht er keinen Doktortitel. Ich hab ihm empfohlen, dass er seine Arbeit nochmals gründlich korrigiert, brav zitiert, ein wenig erweitert und mit neuen wissenschaftlichen Erkenntnissen ergänzt, dann wird die Uni Gnade vor Recht ergehen lassen.«

Urbanyi bedankte sich für das Entgegenkommen des Kardinals und für seine beruhigenden Worte an Abt Käsmann.

»Aber Urbanyi, Sie versprechen mir, dass das wirklich Ihr letzter Kriminalfall ist, ja?«, fragte der Kardinal noch mit väterlichem Klang in der Stimme.

»Ich versuche es, Herr Kardinal. Aber es ist ja so, dass nicht ich die Fälle suche, sondern dass die Fälle mich finden«, antwortete Urbanyi. Nach den üblichen Grußformeln und gegenseitigen Ehrerbietungen, die er von seinem Erzbischof schon gewohnt war, legte Urbanyi auf, atmete hörbar erleichtert aus und lehnte sich auf seinem Schreibtischstuhl zurück.

»Na, Kopfwäsche?«, fragte Wendberg aus dem anderen Büro. Urbanyi machte eine Siegesgeste mit seiner rechten Faust. Denn jetzt hatte die »Hellseherin« einmal danebengehauen. Wenngleich ihre Schlussfolgerung durchaus plausibel gewesen wäre.

»Ganz im Gegenteil, liebe Margot«, flötete Urbanyi. »Der Kardinal hat mich bestärkt, an dem Fall dranzubleiben. Er hat mit Abt Käsmann bereits gesprochen, der auch großes Vertrauen in mich setzt.«

»Aber er hat Ihnen auch das Versprechen abgenommen, dass das endgültig der letzte Kriminalfall ist, oder?«, fragte Margot Wendberg. Also doch Hellseherin, dachte Urbanyi und ließ seine Siegesfaust wieder sinken.

»Ich fahre jetzt nochmals nach Ebental. Vielleicht kommen wir heute wirklich zum Ende mit diesem Fall«, sagte Urbanyi und verließ das Büro.

»Ihre Hose bringe ich Ihnen morgen oder übermorgen!«, rief ihm Wendberg nach, aber da war die Pfarrhaustüre bereits ins Schloss gefallen und Urbanyi auf dem Weg zu seinem Auto, das immer noch gegenüber der Kirche auf dem Kirchenplatz parkte.

25. Verdeckter Ermittler

Als Pfarrer Josef Urbanyi seinen Wagen auf den Parkplatz des Klosters Ebental fuhr, sah er, dass Adi Ostermann bereits angekommen war. Urbanyi stieg aus und schlug den Weg zum Klostereingang ein. Als er beim Gartenhäuschen vorbeikam, lief ihm gerade Cornelia

Kronberger in die Arme, die eine Rosenschere in Händen hielt.

»Ich muss die verblühten Rosen abschneiden«, erklärte sie, obwohl Urbanyi gar nicht danach gefragt hatte. Aber es war dem Pfarrer ganz recht, auf Conny, wie offenbar alle hier zu ihr sagten, zu treffen. Denn ihn bewegte eine Frage.

»Sagen Sie, Frau Kronberger, wissen Sie, welche Schuhgröße Hans, der alte Gärtner, hat?«

»Ja, das weiß ich«, antwortete Conny. »46. Genauso wie der Herr Abt. Denn Abt Käsmann hat dem Hans hin und wieder ein Paar ältere Schuhe geschenkt, die der Hans dann hier für die Gartenarbeit aufgetragen hat. Dem Hans war es egal, wenn das Leder schon matt war. Aber Abt Käsmann hat hier immer auf ordentliche Schuhe geachtet.«

Urbanyi war ein wenig erleichtert über diese Aussage der Gärtnerin. Es hätte ihm leidgetan, wenn der Abt wirklich in den Mordfall verwickelt gewesen wäre. Nach seiner Aussage heute Morgen hatte er ja selbst auch unter Dinhofer zu leiden. Und Urbanyi war überzeugt, dass der Oberhirte des Klosters bei seiner Aussage heute früh ehrlich gewesen war. Nun war zumindest ein auf ihn hinweisendes Indiz, nämlich seine Schuhgröße, nicht mehr belastbar. Denn dass man Schuhabdrücke vom Gärtner, noch dazu mit Schuhen, die auch der Abt getragen hatte, finden würde, das war in einem Gartenhaus wesentlich plausibler, als dass der Abt sich dort aufgehalten hatte.

Als Pfarrer Urbanyi den Klosterhof betrat, hörte er plötzlich jemanden seinen Namen rufen. Er wandte sich um und sah Ludwig Gaunersberg, der mit Herbert Mosbrucker am Eingang des Cafés stand. Gaunersberg winkte ihm, und Urbanyi trat zu den beiden.

»Kommt, wir trinken einen Kaffee und besprechen, wie es weitergeht«, lud ihn Gaunersberg ein. Urbanyi nickte, und die drei Männer betraten den kleinen Raum des Kloster-Cafés. Nachdem die Kellnerin die drei Cappuccini gebracht hatte, begann Gaunersberg zu sprechen:

»Josef, ich habe Herbert schon auf den neuesten Stand gebracht. Übrigens, der Restaurateur arbeitet bereits an der kaputten Glasscheibe im Kreuzgang. Er meint, das sei für ihn ein Kinderspiel. Abt Käsmann ist sehr erleichtert deswegen. Am Morgen war Maria Weinwurm schon da und hat noch vor dem Frühstück von allen Mönchen eine DNA-Probe genommen. Du weißt schon, wegen der Spur an der Kleidung des Opfers. Die Auswertung müsste heute nach dem Mittagessen fertig sein. Und? Hast du auch was Neues, außer einer frischen Hose?«

»Die Sache mit der Hose erzähle ich euch später«, antwortete Urbanyi.

»Wieder ein typischer ›Josef Urbanyi‹?«, scherzte Herbert Mosbrucker.

»Kann man so sagen. Aber was anderes. Ich habe gerade die Conny getroffen und gefragt, welche Schuhgröße der ehemalige Gärtner Hans hat. Der hat 46. Genauso wie der Abt. Und vor allem hat er immer wieder ältere Schuhe vom Abt geschenkt bekommen, die er dann als Arbeitsschuhe in der Gärtnerei verwendet hat. Also ist der Schuhabdruck, den Weinwurm gestern gefunden hat, kein Beweis für die Anwesenheit des Abtes im Gartenhaus«, erzählte Urbanyi.

»Ich hab den Eindruck, du nimmst den Abt in Schutz?«, fragte Mosbrucker.

»Ja und nein. Ich glaube aber, dass er mit dem Mord wirklich nichts zu tun hat. Ich habe heute mit dem Erzbischof telefoniert und ...«

»... und der hat dir eine kräftige Kopfwäsche verpasst, weil du schon wieder ermittelst?«, fragte Gaunersberg, und in seiner Stimme schwang ernste Sorge um seinen Freund Josef.

»Nein, hat er nicht. Er hat mich gebeten, weiter dranzubleiben. Er hat von einem Telefonat mit Abt Bartholomäus erzählt. Der Abt hat ihm die ganze Plagiatsgeschichte gestanden. Aber auch der Erzbischof wird dem Abt hier nichts am Zeug flicken«, sagte Urbanyi, und ein wenig Triumph darüber, dass sich sein Freund Ludwig ebenso wie Margot Wendberg in Bezug auf den Erzbischof geirrt hatte, schwang in seiner Stimme mit.

»Aber er hat dir sicher das Versprechen abgenommen, dass dies dein letzter Fall ist, oder?«, insistierte Gaunersberg.

»Wollt ihr jetzt den Fall lösen oder über meine Zukunft reden?«, blaffte Urbanyi.

»Nur die Ruhe«, sagte Mosbrucker. »Wir sind ja dankbar, dass du uns hilfst. Gerade bei diesen kirchlichen Dingen. Aber das habe ich dir ja schon gesagt.«

In diesem Augenblick trat Adi Ostermann an den Tisch der drei Männer heran. In ihrer hitzigen Besprechung hatten sie nicht bemerkt, dass er das Lokal betreten hatte. Ostermann hatte einen grauen Arbeitsmantel über sein kariertes Hemd und seine Jeans angezogen. In der linken Hand hielt er einen Kübel, in der rechten einen Besen mit einem großen Aufwischtuch über den Borsten.

»Wie bist du jetzt reingekommen?«, fragte Urbanyi, der sich nicht erinnern konnte, den kühlen Luftzug von der geöffneten Eingangstüre gespürt zu haben.

»Ich bin nicht reingekommen, ich war schon drin«, sagte Adi. »Ich war im Klosterladen und habe den Boden aufgewischt. Und jetzt pflege ich die Mönchszellen.« Bei dem letzten Satz zwinkerte er Urbanyi verschwörerisch zu.

Gaunersberg blickte Urbanyi fragend an:

»Was tut Adi da?«

»Er hat auf die Annonce des Klosters geantwortet. Die haben für den Herbstputz einen Helfer gesucht. Und offenbar haben sie ihn genommen«, erklärte Urbanyi. »Und jetzt wird er sich auf die Suche nach den Schuhen machen.«

»Nach welchen Schuhen bitte?«, fragte Mosbrucker, und es fiel Urbanyi ein, dass er bis jetzt noch nichts davon erzählt hatte.

»Adi hat mir heute gesagt, dass er sich noch an ein Detail erinnern kann. Dieser Mönch, der die Cola-Flasche mit dem Giftcocktail in den Mistkübel geworfen hat, hatte nämlich ganz auffällige Turnschuhe an. Himmelblau mit einem gelben Streifen. Und die sucht er jetzt in den Zimmern.«

»Und was machen wir in der Zwischenzeit?«, fragte Gaunersberg.

»Ich wäre sehr dafür, dass wir einmal alle Mönche gleichzeitig zusammenholen; vielleicht verrät sich dann der Schuldige«, sagte Urbanyi.

»So wie bei Agatha Christie?«, blaffte Mosbrucker.

Da aber keiner der Herren eine bessere Idee hatte, trat Urbanyi vor die Türe in den Klosterhof und rief Abt Käsmann an.

»Herr Abt, wir haben eine große Bitte an Sie«, sagte er, als der Abt nach dem dritten Freizeichen am Apparat war. »Könnten Sie eine Versammlung aller Mönche einberufen, damit wir, sagen wir, alle auf den neuesten Stand der Ermittlungen bringen?«

»Ja, das ist möglich. Aber erst nach dem Mittagsgebet. Schauen Sie mal auf Ihre Uhr!«, antwortete Abt Käsmann, und Urbanyi erkannte, dass es bereits 11.30 Uhr war.

»Wäre 14 Uhr in Ordnung?«, fragte der Abt, als er von Urbanyi keine Antwort erhielt.

»Ja, Herr Abt, das wäre sehr gut. Wo sollen wir uns einfinden?«, fragte Urbanyi.

»Am besten, wir gehen in unseren Kapitelsaal. Das sind die Mönche ja gewohnt«, antwortete der Abt, und Urbanyi bedankte sich. Er trat wieder ins Café ein, setzte sich an den Tisch seiner beiden Freunde und berichtete vom geplanten Zusammentreffen um 14 Uhr.

»Sollte da nicht auch die Gärtnerin dabei sein?«, fragte Gaunersberg.

»Ich kenne mich mit den Klosterangelegenheiten nicht so aus«, entgegnete Mosbrucker. »Aber ich glaube, das wäre dem Abt nicht recht, oder?« Er schaute fragend zu Urbanyi.

»Meint ihr, dass wir Kronberger als Verdächtige führen müssen?«, fragte Urbanyi. »Ich wüsste nicht, welches Motiv sie hat.«

»Befragen wir sie doch nochmals«, schlug Mosbrucker vor. So zahlten die drei ihren Cappuccino und verließen das Café, um auf die Suche nach Cornelia Kronberger zu gehen.

26. Wenigstens EIN Mensch!

Lange mussten die drei nicht nach der Gärtnerin suchen. Da sie Urbanyi von ihrem Plan erzählt hatte, die Rosen zu schneiden, führte der Pfarrer seine beiden Freunde in den hinteren Gartenteil des Klosters, wo im Laufe der Jahrzehnte stattliche Rosenstöcke ihre zahllosen Triebe in den Himmel reckten. Mitten unter den Stöcken, die teils mittels Rankhilfen imposante Höhen erreichten, stand Cornelia Kronberger auf einer Leiter, an die sie einen kleinen Plastikkübel gehängt hatte, und schnitt die verblühten Rosen ab.

»Frau Kronberger!«, rief Ludwig Gaunersberg nach oben. Die angesprochene Gärtnerin zuckte zusammen und ließ vor Schreck die Schere fallen, die klappernd auf zwei Sprossen der Alu-Leiter aufschlug, bevor sie sachte auf dem Gras neben dem Rosenbeet landete. Mit weit aufgerissenen Augen blickte Cornelia Kronberger nach unten und erkannte die drei Männer.

»Ah, Sie sind es. Na Sie können einen aber erschrecken. Um ein Haar wäre ich abgestürzt«, rief sie von ihrer erhöhten Position.

»Das wäre doppelt negativ«, scherzte Urbanyi. »Einerseits für Ihre Gesundheit und andererseits auch für unseren Ruf. Könnten Sie bitte kurz zu uns kommen? Aber klettern, nicht stürzen, bitte.«

Frau Kronberger kletterte behände die Leiter abwärts, bis sie vor den drei Männern stand.

»Bitte?«, fragte sie. »Brauchen Sie noch etwas von mir?« Gaunersberg machte den Anfang und sagte:

»Frau Kronberger, wir werden am Nachmittag alle Mönche zusammenrufen. Wir sind fest davon überzeugt, dass der Mörder hier im Konvent oder im Nahbereich des Klosters zu suchen ist. Und damit zählen Sie zwangsläufig auch zu den Verdächtigen.« Cornelia Kronberger zuckte zusammen und sagte fast unhörbar:

»Aber welchen Grund hätte ich denn gehabt, Franz, also DDr. Dinhofer, umzubringen? Er hat mir den Job hier vermittelt. Er hatte – das habe ich Ihnen ja schon gesagt – schon in Wien ein offenes Ohr für meine Probleme. Ich weiß schon, dass ihn viele nicht mögen wegen seiner Karrieresucht. Aber für mich war er ein wichtiger Mensch und Priester.« Sie senkte den Kopf und wischte sich mit dem Handrücken eine Träne aus dem Augenwinkel.

»Darf ich Sie trotzdem fragen: Gab es zwischen Ihnen und Herrn Dinhofer eine sexuelle Beziehung?«, hakte Herbert Mosbrucker nach. Kronberger schüttelte heftig den Kopf und sagte:

»Nein. Nein und nochmals nein. Er war wie ein Vater zu mir. Ich hab meinen Vater nie gekannt. Der ist weg, als meine Mutter mit mir schwanger war. Und da war plötzlich ein Mensch, dem ich mich anvertrauen konnte, der mir Zeit geschenkt hat, der mir gut geraten hat. Der mich getröstet hat, wenn ich wieder einmal geglaubt habe, ich schaffe das alles nicht, mit dem Buben, mit einem Ex, der über Monate die Alimente schuldig blieb, der einen Offenbarungseid geleistet hat, dass er mir nichts mehr zahlen muss. Franz war immer da für mich. So wie er war, hätte ich mir meinen Papa gewünscht.« Cornelia Kronberger blickte die Männer aus feuchten Augen an. Dann setzte sie noch nach:

»Egal, was die anderen sagen. Für mich war er in den letzten Jahren nach meinem Buben der wichtigste Mensch im Leben.«

»Wer, glauben Sie, könnte von den Mönchen als Mörder infrage kommen?«, fragte Gaunersberg nun sehr provokant. Kronberger schaute ihn verdutzt an und sagte:

»Ich soll jetzt jemand beschuldigen?«

»Nein, ich bitte Sie nur, mir Ihre Einschätzung der Mönche mitzuteilen. Sie arbeiten hier, Sie werden die Männer ja ein bisschen einschätzen können«, erläuterte Gaunersberg seine Bitte. Kronberger dachte kurz nach. Dann sagte sie:

»Der Abt stand durch Franz sehr unter Druck. Das hat mir Franz einmal gestanden. Vielleicht ist ihm der Druck zu groß geworden. Pater Siegfried ist schwer gekränkt, weil er seine Stelle als Dekan der Hochschule wegen Franz räumen musste. Pater Konrad und Pater Koloman sind ebenfalls eifersüchtig auf ihn gewesen und waren gegen seine Ernennung. Vom alten Pater Ludwig weiß ich gar nichts. Und Pater Albert war sicher auch kein Freund von Franz. Pater Sebastian war sicher auf den Abt beleidigt, dass dieser nicht auf seinen Rat gehört hat. Zumindest hat mir Franz das so erzählt. Mehr kann ich Ihnen nicht sagen.«

»Und Frater Ephraim?«, fragte Gaunersberg nach, denn diesen Namen hatte Conny bisher noch nicht erwähnt.

»Der Frater Ephraim? Der tut doch keiner Fliege was zuleide«, antwortete die Gefragte.

Die drei Männer bedankten sich und gingen schweigend in den Klosterhof zurück. Gaunersberg war der Erste, der die Stille unterbrach:

»Für mich klingt ihre Geschichte sehr glaubwürdig. Wenigstens EIN Mensch, der DDr. Dinhofer nicht für einen Kotzbrocken gehalten hat.«

»Und ihre Einschätzung der Mönche?«, fragte Mosbrucker. »Eigentlich sind alle für sie verdächtig, außer dem Kleinen.«

»Das hilft uns auch nicht weiter«, sagte Pfarrer Urbanyi und blickte auf seine Armbanduhr. Es war knapp vor 12 Uhr. Gleich sollte das Mittagsgebet beginnen.

»Kommst du auch mit in die Klosterkirche, du Atheist?«, fragte Urbanyi Herbert Mosbrucker scherzhaft. Dieser grinste und nickte zustimmend. Gemeinsam betraten sie die Klosterkirche, und der so vertraute Geruch der Kirche, diese Mischung aus Weihrauch, altem Holz und Staub, drang an ihre Nasen.

27. Die große Mönchsversammlung

Nach dem Mittagsgebet lud Abt Bartholomäus alle drei Männer schweigend mit einer Handbewegung ein, zum Mittagessen mitzukommen. Er wies ihnen drei Plätze an einer Seite des großen Holztisches im Speisesaal an. Urbanyi, der in jungen Jahren auch mit dem Gedanken gespielt hatte, in einen Orden einzutreten, genoss diese Zeit sehr. Nach dem Mittagessen hatten die drei noch eine halbe Stunde Zeit, bevor die von ihnen gewünschte

Versammlung aller Mönche stattfand. So konnten sie noch ihre Strategie ausarbeiten und ihre Rollen in dieser Gegenüberstellung vereinbaren.

Urbanyi fiel die Rolle zu, beschwichtigend und beruhigend einzugreifen, wenn die Sache zu eskalieren drohte. Gaunersberg würde sich eher im Hintergrund halten und die einzelnen Protagonisten beobachten, Mosbrucker würde das Gespräch führen. Er plante, ganz offensiv in die Runde zu verkünden, dass er sicher sei, hier sitze auch der Mörder von DDr. Franz Dinhofer, Frater Sigmund. Als die Turmuhr der Klosterkirche 14 Uhr schlug, traten die drei Männer in den Kapitelsaal ein, in dem bereits alle Mönche versammelt waren. Nur Frater Ephraim war nicht da.

»Kommt Frater Ephraim auch noch?«, fragte Pfarrer Urbanyi. »Eigentlich wollten wir, dass alle anwesend sind.«

»Moment!«, rief der Abt und zückte sein Mobiltelefon. Er bemerkte aber, dass er im Kapitelsaal keinen Empfang hatte. Deshalb stand er nochmals von seinem Platz auf und wollte den Saal verlassen, als Frater Ephraim bei der Türe eintrat.

»Entschuldigung, ich hab nicht auf die Uhr geschaut«, sagte der junge Mönch und suchte kleinlaut einen Platz. Der letzte freie Sessel befand sich zwischen Pater Siegfried und Pater Sebastian. Frater Ephraim setzte sich und nickte seinen beiden Nachbarn freundlich zu. Gaunersberg imponierte diese Geste der Höflichkeit, doch dann erinnerte er sich, dass dies auch bei anderen Gelegenheiten im Kloster durchaus üblich war und daher eher Routine als bewusste Handlung.

»Die Herren Kommissare und der Herr Pfarrer haben gebeten, dass wir uns alle hier versammeln«, begann der Abt, und Mosbrucker war ihm im Herzen dankbar, dass er den Anfang machte. Ihm war etwas mulmig zumute, weil er sich auf dem kirchlichen oder klösterlichen Terrain sehr unsicher fühlte. Trotzdem ergriff er jetzt das Wort:

»Meine Herren. Ich danke Ihnen allen für Ihr Kommen. Der Anlass ist ein sehr tragischer. Wie Sie ja alle wissen, wurde Ihr Mitbruder, der Dekan der Hochschule hier, der ehemalige Regens des Wiener Priesterseminars, Ehrendomkapitular DDr. Franz Dinhofer vor zwei Tagen im Gärtnerhaus des Klosters tot aufgefunden, nachdem er zuvor schon mehr als eine Woche vermisst wurde.« Mosbrucker war stolz auf sich und klopfte sich im Geiste selbst auf die Schulter, dass es ihm gelungen war, alle Titel des Toten so fehlerlos aufzusagen. Doch er erregte dadurch Widerspruch.

»Frater Sigmund. Einfach Frater Sigmund. Nach der Benediktsregel zählt alles nicht mehr, was ein Mensch früher war. Es zählt nur mehr das Professalter, also das

Datum, wann die Gelübde abgelegt wurden«, rief Pater Konrad in die Runde.

»Danke, Pater Konrad, für Ihre Aufklärung«, setzte Mosbrucker fort. »Sie müssen verzeihen, aber ich bin in den kirchlichen Dingen nicht sehr bewandert und mit Ihrer Ordensregel nicht vertraut. Aber genau mit Ihrem Einwurf liefern Sie mir doch ein großartiges Motiv, Pater Konrad!« Ein Raunen ging durch den Raum. Dann begann Mosbrucker wieder zu sprechen:

»Wir müssen davon ausgehen, dass der Mörder von DDr. Dinhofer, also von Ihrem Mitbruder, Frater Sigmund, hier im Raum ist.« Nun machte Mosbrucker eine rhetorische Pause, die durch anschwellendes Geraune im Raum gefüllt wurde.

»Sie meinen, einer von uns?«, fragte Pater Sebastian und zeigte theatralisch mit dem Zeigefinger auf seinen Brustkorb, dann ließ er die Hand über den versammelten Mönchen kreisen.

»Ganz genau. Einer von Ihnen ist verantwortlich für den Tod von Frater Sigmund. Einer von Ihnen hat Frater Sigmund vor 10 Tagen in den Klostercarcer gesperrt und ihn vorgestern gezwungen, Gift zu trinken. Dann hat er ihn – vielleicht mit einem Komplizen – mittels Scheibtruhe in das Gartenhaus verfrachtet und in einem großen Plastiksack versteckt. Doch der Sack hat sich oben geöffnet und den Blick auf seine Hand freigegeben. So wurde er von der Gärtnerin gefunden.«

»Und die Gärtnerin? Die kann es nicht gewesen sein?«, warf Pater Sebastian nun ein, dabei lehnte er sich auf seinem Stuhl weit nach vorne und zeigte auf wie ein Volksschulkind.

»Pater Sebastian, wollen Sie von sich ablenken?«, versuchte Mosbrucker zu provozieren. Pater Sebastian ließ augenblicklich die Hand sinken und lehnte sich ruckartig zurück an die Sessellehne.

»Welche Beweise haben Sie, dass es jemand von uns war?«, fragte nun Pater Siegfried. »O. K., ich gebe zu, dass fast jeder von uns allen Grund gehabt hätte, ihm etwas anzutun. Aber wir sind doch keine Mörder, oder?« Bei den letzten Worten lehnte er sich vor und schaute in die Runde seiner Mitbrüder.

»Ich gebe zu, dass die Spurenlage sehr dünn ist«, gestand Mosbrucker ein. »Aber wir haben einerseits Fremd-DNA an der Kleidung von Frater Sigmund gefunden. Die Zuordnung werden wir in wenigen Minuten erfahren. Andererseits gibt es noch ein Beweisstück.«

»Welches?«, wollte nun Abt Bartholomäus wissen.

»Dies erfahren Sie alle, sobald es uns hier in den Raum gebracht wird«, antwortete Mosbrucker.

»Aber kann es nicht auch ganz anders gewesen sein?«, warf nun Pater Koloman ein. »Kann nicht irgendwer von außen den Frater Sigmund auf dem Gewissen haben?«

»Kann. Kann. Das ist graue Theorie. Natürlich kann es sein. Aber es gibt bei uns die Grundregel der drei Bestandteile eines Verbrechens: Motiv, Mittel und Gelegenheit. Und dies trifft vor allem auf Sie hier im Raum zu«, erklärte Mosbrucker.

»Und die Gärtnerin? Die war doch mit ihm – sagen wir – intim«, warf Pater Konrad nun ein.

»Vielleicht ist etwas, das Sie gerne so sehen wollen, doch anders, als es Ihrem Wunschdenken entspricht«, sagte Mosbrucker und merkte, dass er sich beinahe in diesem schon philosophisch anmutenden Satz verstrickt hätte.

»Also dann sitzen wir hier jetzt rum und spielen das Gesellschaftsspiel ›Wer ist der Mörder?‹, oder wie geht es jetzt weiter?«, fragte Pater Konrad ziemlich ungeduldig. Urbanyi merkte, dass er schön langsam einschreiten musste, wollte er verhindern, dass die Sache eskalierte.

»Meine Herren, liebe Mitbrüder. Wir sind doch alle daran interessiert, dass die Wahrheit herauskommt, oder?«, begann er deshalb. »Da helfen gegenseitige Schuldzuweisungen nichts. Wir wollen nicht, dass jetzt einer den anderen verdächtigt oder dass irgendwelche dubiose Theorien gesponnen werden. Ich würde mir von Christen und Priestern eigentlich wünschen, dass Sie, sollten Sie diese Tat begangen haben, auch den Mut und die Ehrlichkeit haben, es jetzt zu gestehen. Sie ersparen sich und den anderen damit viel Zeit und Ärger.«

Eine Stille trat im Raum ein. Einzelne Mönche blickten starr zu Boden, andere ließen den Blick in der Runde schweifen, offenbar, um an einem Gesicht ablesen zu können, wer die Tat begangen hatte. Dann ergriff wieder Herbert Mosbrucker das Wort:

»Sie haben gehört, was Pfarrer Urbanyi gesagt hat. Es würde sich auch strafmildernd auswirken, wenn jemand jetzt von sich aus ein Geständnis ablegt.«

Wieder trat eine gespannte Stille ein. Dann plötzlich sprang Abt Bartholomäus auf und rief mit hoher, fast quietschender Stimme:

»Jetzt gib es doch endlich zu, dass du es warst!«

Da er es in die Runde hineingerufen hatte und alle von seiner Reaktion überrumpelt waren, konnten auch die Kriminalbeamten nicht genau feststellen, wo er genau hingeschaut hatte.

»Pater Koloman, dich meine ich!«, rief nun der Abt. »Ich habe im Spital in Vorau angerufen. Du warst nicht die ganze Zeit im Zimmer bei deinem Freund. Du hättest dazwischen gut hierher zurückkommen können und die Tat begehen.« Gaunersberg setzte sich kerzengerade hin.

Auch bei ihnen hatte die Überprüfung des Alibis von Pater Koloman diese Unschärfe ergeben. Alle Blicke waren nun auf den Pater gerichtet. Dieser lief knallrot an und stammelte:

»Aber ich ... ich ... ich war es nicht. Es stimmt schon, dass ich nicht die ganze Zeit im Spital war. Ich bin kurz was einkaufen gegangen dazwischen. Weil mein Freund mich um eine Tafel Schokolade gebeten hat. Bitte, glaubt mir, ich habe Frater Sigmund zwar nicht gemocht, weil er so ein aufgeblasener Gockel war. Aber ich habe ihm nichts getan. So etwas könnte ich gar nicht.« Die Hände von Pater Koloman zitterten. Er blickte in die Runde, und man sah, wie er mit den Tränen kämpfte. Deshalb sprang ihm Urbanyi zur Seite:

»Bitte, Pater Koloman, beruhigen Sie sich wieder. Ich kann Abt Bartholomäus verstehen, dass er Sie verdächtigt, weil die Alibilage wirklich etwas dünn ist. Aber Sie haben uns ja gerade eine plausible Erklärung für Ihre Abwesenheit geliefert. Die Verkäuferin im Laden wird sich wohl an Sie erinnern können. Und dann ist Ihr Alibi hieb- und stichfest.«

Mosbrucker blickte schon zum wiederholten Male auf sein Mobiltelefon. Eigentlich müsste die Auswertung der DNA-Proben von heute Morgen schon längst fertig sein. Warum dauerte das so lange? Würden sie per DNA nachweisen können, welcher Mönch das Gewand von

Frater Sigmund angefasst hatte, wäre es ein Leichtes, damit seinen Mörder zu überführen. Vielleicht hätten sie mit der Befragungsrunde etwas warten sollen. Irgendwie gingen Mosbrucker nun die Fragen aus. Deshalb entschloss er sich dazu, mit der Beschreibung des zweiten Beweisstückes zu beginnen, obwohl es ihm noch nicht vorlag:

»Ich habe zuvor gesagt, dass wir neben der DNA-Probe noch ein zweites, ziemlich belastbares Beweisstück haben. Denn einer von Ihnen hat versucht, die Cola-Flasche mit dem Gift in einem Mistkübel an dem nahe gelegenen Wanderweg zu entsorgen. Er wurde dabei beobachtet. Er konnte unerkannt fliehen, aber der Beobachter hat ein markantes Detail gesehen, das uns zum Mörder führen könnte: Auffällig gefärbte Sportschuhe, himmelblau mit gelber Linie entlang der Sohle.« Einen Moment lang verharrten alle Mönche in einer gewissen Schockstarre. Dann gingen ihre Blicke auf den leeren Stuhl zwischen Pater Siegfried und Pater Sebastian. Der Mönch, der eben noch dort gesessen hatte, war aufgesprungen und rannte zur Tür des Kapitelsaales. Doch als er diese aufriss, um zu fliehen, rannte er gegen jemanden, der in diesem Moment in den Saal eintreten wollte. Es war Adi Ostermann, der immer noch seinen grauen Arbeitsmantel trug und in der linken Hand ein Paar Turnschuhe schwenkte, himmelblau mit gelber Linie.

»Hoppala, junger Mann, nicht so eilig«, rief Adi, der um ein gutes Stück größer war als der Mönch, der mit ihm zusammenstieß. »Gehören die vielleicht Ihnen?« Dann packte Adi den Burschen am Arm und drehte ihn um, sodass alle Mönche ihm ins Gesicht schauen konnten.

»Frater Ephraim, du?«, rief der Abt mit erstickter Stimme. Der Angesprochene senkte den Kopf. Alle Mönche standen wie in Zeitlupe von ihren Plätzen auf und schauten auf den jungen Frater. Adi Ostermann hielt ihn noch immer mit festem Griff am Oberarm und zog ihn auf den freien Stuhl zwischen Pater Siegfried und Pater Sebastian. Wie ein Leibwächter blieb er hinter ihm stehen, nachdem er zuvor das Paar Schuhe vor ihm auf den Boden gestellt hatte und dem Jungen zurief:

»Machen wir es doch wie bei Aschenputtel. Wem der Schuh passt, der darf zum Ball gehen!«

Eine Weile blieb es totenstill im Raum. Dann sagte Herbert Mosbrucker:

»Frater Ephraim, jetzt wäre es an der Zeit, uns die Wahrheit zu erzählen. Was ist in den vergangenen Tagen vorgefallen?« Mosbrucker hatte diese Aufforderung völlig ruhig ausgesprochen. Urbanyi stand auf und stellte sich neben Adi hinter den Angesprochenen. Er legte ihm väterlich eine Hand auf die Schulter und sagte leise:

»Frater Ephraim, bitte reden Sie. Es kann nur zum Vorteil für Sie sein.«

Frater Ephraim, der bis jetzt völlig in sich zusammengesunken dasaß, hob den Kopf und begann zu sprechen:

»Bitte, ich bin kein Mörder. Das alles war ein großes Unglück. Ich gebe ja zu, dass ich Frater Sigmund unter einem Vorwand in den Carcer gelockt habe. Ich habe ihn um Hilfe gebeten, dass er mit mir ein schweres Kastel, das dort gelagert ist, heraufträgt. Natürlich war dort kein Kastel. Als Frater Sigmund in den Carcer hineingegangen ist, habe ich die Türe zugeworfen. Ich wollte einfach, dass er einmal ein paar Tage Zeit hat, nachzudenken, wie er sich uns allen gegenüber aufführt. Ich wollte seinen Stolz brechen. Deshalb hab ich ihn vor 10 Tagen dort eingesperrt. Ich hab vorher schon für ihn ein paar Wurstsemmeln und ein paar Flaschen Coca-Cola reingestellt. Und ein paar Tafeln Schokolade. Verhungern hätte er nicht müssen. Und verdursten auch nicht. Sie haben mich die vergangenen Tage ja zu allerlei Tätigkeiten auswärts eingeteilt, Herr Abt. Und den Pater Siegfried habe ich auch noch chauffieren müssen. Und ich hatte Angst, dass Frater Sigmund mich verpfeift. Denn er hat mir durch die geschlossene Türe nachgebrüllt, dass das meine letzte Aktion hier in Ebental war. Ich weiß, ich habe das alles nicht durchdacht. Ich habe einfach aus

Zorn gehandelt. Weil ich es nicht mehr ausgehalten habe, wie er mit uns allen umgegangen ist. Als ich vorgestern nach ihm sah, lag er tot im Carcer. Offenbar hat er in der Dunkelheit die Flaschen verwechselt. Ich habe nicht gewusst, dass da Flaschen mit Gift gestanden sind. Ich wollte ihn nicht vergiften, er hat das E 605 selbst getrunken.«

Alle Mönche schwiegen. Sie waren schockiert und doch irgendwie beeindruckt. Einerseits von der Offenheit ihres jungen Mitbruders, andererseits von den unglücklichen Zufällen, die dann zu seinem Tod geführt hatten. In diesem Augenblick summte das Mobiltelefon in Mosbruckers Jackentasche. Es war ein Anruf von Maria Weinwurm.

»Treffer!«, rief die Chefin des Erkennungsdienstes ohne Grußwort ins Telefon. »Es ist …«

»… Frater Ephraim«, setzte Mosbrucker den Satz fort.

»Woher weißt du …?«, wollte Weinwurm wissen.

»Ich bin der Kriminalist!«, sagte Mosbrucker vollmundig und ließ seine Brust ein wenig schwellen. Dann legte er auf und wandte sich an Frater Ephraim:

»Mit dieser unüberlegten Dummheit haben Sie indirekt ein Menschenleben ausgelöscht. Ich verhafte Sie aufgrund Paragraf 99 des Österreichischen Strafgesetzbuches wegen Freiheitsentziehung zum

Nachteil von DDr. Franz Dinhofer und wegen des Verdachtes auf fahrlässige Tötung nach Paragraf 6, Absatz 3 des Österreichischen Strafgesetzbuches. Es wird sich strafmildernd auswirken, dass Sie nun vor Zeugen Ihr Geständnis abgelegt haben und offenbar tätige Reue zeigen.« Die Mönche nickten. Doch Mosbrucker fuhr fort:

»Ich kann Ihnen aber nicht versprechen, ob die Staatsanwaltschaft nicht Anklage nach § 75 erhebt. Das wäre dann Mord. Aber ich hoffe für Sie, dass es dazu nicht kommen wird. Denn es ist ein Unterschied, ob Sie bis zu drei Jahre Gefängnis aufgebrummt bekommen und danach Ihr Leben wieder als freier Mann bestreiten können oder ob Sie lebenslänglich hinter Gitter müssen.«

Frater Ephraim nickte bei tief gesenktem Kopf. Die anderen Mönche starrten ihn nur sprachlos an.

»Es ist unverzeihlich, was ich getan hab. Es war unüberlegt und gefährlich. Ich hab einfach nicht weiter nachgedacht. Ich hatte nur so einen Hass auf diesen Kerl, weil er Pater Siegfried und euch alle so runtergemacht hat. Und mich ebenso. Jeden Tag musste ich mir seine Erniedrigungen gefallen lassen«, schluchzte Frater Ephraim und versuchte mit zwei Fingern, die Tränen aus seinen Augen zu wischen. Dann stand er auf und ging in der Runde zu jedem einzelnen seiner – nunmehr ehemaligen – Mitbrüder. Die Mönche umarmten den

Frater und versprachen, für ihn zu beten. Er nahm die Tröstungen schweigend und dankbar nickend entgegen. Währenddessen hatte Mosbrucker einen Einsatzwagen der Polizei gerufen. Zwei uniformierte Beamte kamen etwa zehn Minuten später und führten Frater Ephraim ab. Die anderen Mönche schauten ihm noch schweigend nach, als er mit den beiden Polizisten den Kapitelsaal verließ.

»Ich glaube, wir sollten noch ein Gespräch führen, wie es bei uns jetzt weitergeht«, schlug Abt Bartholomäus vor. »Aber da sollten keine Außenstehenden dabei sein. Wäre es für Sie ein Problem, uns nun allein zu lassen?«

»Keineswegs«, bestätigte Mosbrucker. »Wir sind fertig, der Fall ist gelöst. Und ich verspreche Ihnen, wir werden uns für Frater Ephraim einsetzen, dass das Strafmaß möglichst gering ausfällt. Wird er danach wieder zu Ihnen kommen können?« Der Abt schüttelte traurig den Kopf:

»Jeder braucht ein makelloses Leumundszeugnis, damit er bei uns sein kann. Aber vielleicht können wir bei ihm eine Ausnahme machen. Denn jeder von uns kann sich in ihn hineinversetzen. Jedem von uns hätte eine solche Kurzschlusshandlung passieren können.«

»Keiner soll sagen, ›Mir kann das nicht passieren!‹«, bestätigte Gaunersberg. Die drei Männer verabschiedeten sich von den Mönchen und überließen diese nun wieder

der Führung ihres Abtes, der eine Krisensitzung über die Zukunft des Klosters Ebental mit ihnen veranstalten wollte.

28. Epilog

Aus der Küche Pfarrer Urbanyis drangen verführerische Düfte ins Esszimmer. Josef Urbanyi und Ludwig Gaunersberg saßen beim Esstisch, der mit dem wertvollen Zsolnay-Porzellan des Pfarrers gedeckt war. Dieses verwendete er nur bei ganz besonderen Anlässen. Jeder der Männer hatte ein großes Glas mit Weizenbier vor sich stehen. Die Schaumkrone war Gaunersberg beim Einschenken besonders gut geglückt. In der Küche hörte man das Klappern von Deckeln und großen Kochlöffeln. Hie und da war auch ein leises Singen zu vernehmen.

»Der Fall geht mir nicht aus dem Kopf«, sagte Gaunersberg. »Dass ein junger Mensch auf so eine fatale Idee kommen kann.«

»Da siehst du, wie dieser Dinhofer den Leuten im Kloster über diese zwei Jahre hin auf die Nerven gegangen ist. Da hat sich kräftig was aufgestaut«, entgegnete Urbanyi. »Aber mir tut der Junge irgendwie leid. Wenn nicht er, vielleicht hätte ein anderer eine Tat begangen, um Dinhofer loszuwerden. Wer weiß.«

In diesem Augenblick läutete es an der Türe der Pfarrerwohnung.

»Ah, das wird unser Ehrengast sein«, rief Heidi Gaunersberg aus der Küche. Sie hatte es sich nicht nehmen lassen, an diesem Sonntag für »ihre Männer« zu kochen. Außerdem war es ihr sehr recht, für ein paar Tage aus dem Chaos ihrer Wohnung in Wien, wo die Maler ganze Arbeit geleistet hatten, zu entfliehen. Deshalb hatte sie ihren Mann überredet, doch wieder einmal einen Kurzurlaub in Wimpassing anzutreten und im Pfarrhof von Josef Urbanyi zu nächtigen. Ihrem Göttergatten Ludwig war das sehr recht. Nach seinem kurzen Klosteraufenthalt und der verworrenen Kriminalgeschichte in Ebental konnte er ein paar ruhige Tage gut gebrauchen. Es läutete nochmals an der Eingangstüre. Ludwig und Josef schauten sich fragend an.

»Ehrengast?«, fragte der Pfarrer.

»Wenn du öffnest, dann weißt du, wer da kommt!«, rief Heidi, die immer noch intensiv in der Küche werkte.

Urbanyi stand auf und trat in den Flur, um die Eingangstüre seiner Pfarrerwohnung zu öffnen. Als die Türe aufschwang, sah der Pfarrer nur eine große Weinflasche in Augenhöhe, dann schob der Besucher die Flasche beiseite und fragte:

»Kann ich diesen Freund mitbringen?«

»Adi! Das ist eine Überraschung. Komm rein!«

Der Mesner Adi Ostermann betrat die Wohnung und übergab die Rotweinflasche an den Pfarrer. Dann sagte er:

»Meine Hilde ist zu ihrer Schwester nach Tirol gefahren. Und da hatte die Frau Gaunersberg die Idee, mich zum Essen einzuladen. Ich hoffe, du hast nichts dagegen, Josef.«

»Im Gegenteil«, freute sich Urbanyi. »Schließlich hast du entscheidend zur Aufklärung des Falles beigetragen. Und noch verhindert, dass der Täter flüchten hätte können.«

»Kommt jetzt bitte herein, das Essen ist fertig«, rief Heidi mit ihrem markanten Befehlston, der keinen Widerspruch zuließ. Adi nahm an einer der vier Seiten des Esstisches Platz, und Heidi servierte die dampfende Suppe mit Leberknödeln. Urbanyi leckte sich über die Lippen, denn Heidi hatte wieder einmal seine Lieblingsspeisen gekocht.

»Das Erntedankfest heute war schön«, begann Adi Ostermann zu sprechen, während er die Suppe löffelte.

»Und vor allem unfallfrei!«, ätzte Gaunersberg und blickte auf Urbanyi. »Du hast dir heute keine Hose versaut!« Dann lachte der pensionierte Kriminalhauptkommissar schallend auf. Heidi schüttelte entrüstet den Kopf:

»Esst lieber, bevor die Suppe kalt wird. Außerdem hebt euch noch Hunger für die Hauptspeise auf. Ich glaube, die gefüllte Kalbsbrust ist heute besonders gut und zart geworden. Und dazu gibt es Serviettenknödel.«

»Kalbsbrust! Wie bei der Mama!«, rief Urbanyi und faltete die Hände mit einer Geste, als ob der allmächtige Gott seine Gebete erhört hätte. Doch als er die Hände wieder senken wollte, verschätzte er sich mit dem Abstand zu seinem halb vollen Suppenteller. Dieser klappte hoch, und ein Schwall der heißen Suppe samt ein paar Stückchen von Karotten, Sellerie und gelber Rübe sowie einigen Blättchen Petersilie ergoss sich über die Hose des Pfarrers.

»Schei...«, entfuhr es ihm. Er sprang auf und zupfte an seinen Hosenbeinen, um den Abstand des nun kochend heißen Stoffes von seiner Haut zu erhöhen. Während Gaunersberg grinsend die Szene beobachtete, trat plötzlich noch eine Person in den Raum.

»Ich glaube, ich komme gerade richtig«, sagte eine Frauenstimme. »Hier!«

Sie schwenkte eine Stofftasche mit offenbar weichem Inhalt.

»Margot! Was bringen Sie mir?«, fragte Urbanyi erstaunt.

»Die frisch gewaschene und gebügelte Hose!«, verkündete Margot Wendberg feierlich. »Offenbar genau im richtigen Moment!«

***

Made in the USA
Columbia, SC
19 February 2025

51654913R00137